岩 波 文 庫

31-233-1

吉 本 隆 明 詩 集

蜂 飼　耳 編

岩 波 書 店

目次

詩篇

初期詩篇

定本詩集(Ⅰ、Ⅳ、Ⅴ)　一九六八

新詩集以後

新詩集　一九七五

新詩集以後

評論

*

吉本隆明詩集

詩篇

固有時との対話

固有時との対話

メカニカルに組成されたわたしの感覚には湿気を嫌ふ冬の風のしたが適してゐた　そしてわたしの無償な時間の劇は物象の微かな役割に荷はれながら確かに歩みはじめるのである………と信じられた　〈*1950.12*〉

吉本隆明

街々の建築のかげで風はとつぜん生理のやうにおちていつた　その時わたしたちの睡りはおなじ方法で空洞のほうへおちた　数かぎりもなく循環したあとで風は路上に枯葉や塵埃をつみかさねた　わたしたちはその上に睡つた

わたしたちは不幸をことさらに掻き立てるために

自らの睡りをさまさうとした

風はわたしたちのおこなひを知つてゐるだらう

風はわたしたちの意識の継続をたすけようとして　わたしたちの空洞のなかをみたした　わたしたちは風景のなかに在る自らを見知られないために風を寂かに睡らせようとした

〈風は何処からきたか？〉

何処からといふ不器用な問ひのなかには　わたしたちの悔恨が跡をひいてゐた　わたしたちはその問ひによつて記憶のなかのすべてを目覚ましてき

たのだから

〈風は過去のほうからきた〉

建築は風が立つたとき揺動するやうに思はれた　その影はいくつもの素材
に分離しながら濃淡をひいた　建築の内部には錘鉛を垂らした空洞があり
そこを過ぎてゆく時間はいちやうに暗かつた

わたしたちは建築にまつはる時間を　まるで巨大な石工の掌を視るやうに
驚嘆した　果てしないものの形態と黙示とをたしかに感ずるのだつた

〈風よ〉

風よ　おまへだけは……

わたしたちが感じたすべてのものを留繫してゐた

＊　＊　＊

ひとりでに物象の影はとまつた　〈建築・路上・葉をふり落したあとの街路樹の枝〉　そうしてゆるやかな網目をうごかしはじめた　網目のうへでわたしたちは寂かに停止した自らの思念をあの時間のなかで凝視してゐた　〈あ・そのとき神はゐない〉　わたしたちは太古の砂上や振子玉のついた寺院の甍のしたで建築の設計に余念なかつた時のやうに明るさにみたされてゐた

わたしたちは〈光と影とを購はう〉と呼びながらこんな真昼間の路上をゆかう　そしてとりわけ直線や平面にくぎられた物象の影をたいへん高貴なものに考へながらひとびとのはいりたがらない寂かな路をゆかう　何にもましてわたしたちは神の不在な時間と場所を愛してきたのだから

〈神は何処へいつた　こんな真昼間〉

ひとびとは忙しげにまるで機械のやうに歩みさり決してこころに空洞を容れる時間をもたなかつた　だから過剰になつた建築の影がひとびとのうしろがはに廻る夕べでなければ神はこころに忍びこまなかつた

わたしたちの思念は平穏に　そして覚醒はまるで睡りのやうに冴えてゐた

わたしは慣はしによつて歩むことを知つてゐた　しばしば慣はしによつて安息することも知つてゐた　わたしに影がさしかかるときわたしの時間は撩乱した　風は街路樹の響きのなかをわたつて澄んだ　わたしの樹々で鳥は鳴かず　わたしの眼はすべての光を手ぐりよせようともしないでさしてまとまりのない街々の飾り窓を視てゐた　視界のおくのほうにいつまでも孤独な塵まみれの凹凸があつた

わたしは誰からも赦されてゐない技法を覚えてゐて建築の導く線と線とを結びつけたり　面と面とをこしらへたりした　わたしの視覚のおくに孤独が住みついてゐてまるで光束のやうに風景のなかを移動した

〈明日わたしはうたふことができるかどうか〉

予感されないままに　わたしは自らの願ひを規定した

わたしは独りのときすべての形態に静寂をみつけだした　それからすべての形態はその場処に自らを睡らせるやうに思はれた　とりわけ…雲が睡入るさまはわたしをよろこばせた　建築のあひだや運河のうへで雲はその形態のまま睡入つてしまふやうに思はれた

わたしはその静寂の時をとめた　雲は形態を自らの場処にとめる　すると静寂はわたしの意識をとめてしまふやうであつた　忘却といふものをみんなが過去の方向に考へてゐるやうにわたしはそれを未来のほうへ考へてゐた　だから未来はすべて空洞のなかに入りこむやうに感じられた

〈わたしの遇ひにゆくものたちよ

それは忘却をまねきよせないためにすべて過去の方に在らねばならない〉来歴の知れないわたしの記憶のひとつひとつにもし哀歓の意味を与へようと思ふならば　わたしの魂の被つてゐる様々の外殻を剝離してゆけばよかつたはづだ

けれどわたしがX軸の方向から街々へはいつてゆくと　記憶はあたかもY軸の方向から蘇つてくるのであつた　それで脳髄はいつも確かな像を結ぶにはいたらなかつた　忘却という手易い未来にしたがふためにわたしは上昇または下降の方向としてZ軸のほうへ歩み去つたとひとびとは考へてくれてよい　そしてひとびとがわたしの記憶に悲惨や祝福をみつけようと願ふならば　わたしの歩み去つたあとに様々の雲の形態または建築の影をとどめるがよい

わたしは既に生存にむかつて何の痕跡を残すことなく　自らの時間のなかで意識における誤謬の修正に忙しかつたのだ

時は物の形態に影をしづかにおいて過ぎていつた　わたしは影から影にひとつのしつかりした形態を探してあるいたのである　おう　形態のなかに時はもとのままのあのむごたらしい孤独　幼年の日の孤独をつつんだまま立ち現はれるかどうか　わたしは既に忍辱によつてなれきつてゐたのでただ衰弱した魂が索してゐたのである　あのむごたらしい孤独　幼年の日の孤独がいまはどのやうな形態によつて立ち現はれるかを　あたかも建築と建築のあひだにふと意外にしづかな路上や　その果ての樹列を見つけ出して街々のなかの暗い谷間を感じたりすることがあるように　もしかしてわたしのあの幼い日の孤独が意外な寂けさで立ち現はれるのを願つてゐたのだ

物の影はすべてうしろがはに倒れ去る　わたしは知つてゐる　知つてゐる影はどこへゆくか　たくさんの光をはじいているフランシス水車のやうに影はどこへ自らを持ち運ぶか　わたしはよろめきながら埋れきつた観念のそこを掻きわけてはひ出してくる　まさしく影のある処から　砂のやうに

把みさらさらと落下しまたはしわを寄せるやうにも思はれる時の形態を影を構成するものを　たとへば孤独といふ呼び名で代用することもわたしはゆるしてゐたのだ　何故なら必ず抽象することに慣れてしまつたこころは　むごたらしいといふことのかはりに過ぎてゆくといふ言葉を用ひればあの時と孤独の流れとを繋ぎあはせることができたから

かくてわたしはいつも未来といふものが無いかのやうに　街々の角を曲つたものである　ただ空洞のやうな個処へゆかうとしてゐるのだと自らに言ひきかせながら　誰もわたしに驚愕を強ひなかつたし　孤独は充分に塡められてゐて余剰を思はせなかつた　其処此処に並んだ建築のあひだ　幼年の日の路上で　わたしはいまや抽象された不安をもつて　自らの影に訣れねばならなかつた

わたしの知らうとしたことは時計器にはかかはらない時間のむかふからやつてくるはづであつた　しかも視ることの出来ない形態で　決してわたしを霑ほすやうにはやつてこないはづであつた

わたしのこころは乾いて風や光の移動すら感覚しようとはしなかつた　多彩ないろが流転する場処でこころは渇えて　たつたひとつの当為を索めてゐた　限りない生存の不幸をいやすためにわたしは何を感じなければならなかつたか　そしてわたしに感じさせるためにそれは何処からやつてこなければならなかつたか　わたしは徒らに時の流れをひき延すことで　わたしの渇えをまたひき延してきたにすぎなかつた

既に物を解きあかす諸作を喪つてしまつたひとびとの群れにわたしは秘かに加はらうとしてゐた　わたしの時はいつも同じ形態で　同じ光や影の量で　おとづれてきた

わたしは自らの影を腐葉土のやうに埋れさせた　判ずる術もないがわたしの埋められた影はいまもそのまま且つての諸作で　光の集積層の底に横つてゐるだらう　記憶によつてではなく何か哀しみを帯びた諸作を繰返すごとに　わたしの埋れた影がまがふかたなくわたしの現在を決定するように

思はれた……

わたしは決して幸せを含んだ思ひに出遇ふとは考へてゐなかつたけれど
いつかわたしのこころが物象に影響されなくなつた時　何もかも包摂した
ひとつの睡りに就き得るだらうと予感してゐた

まつたくわたしはこんな予感をあてにして生存してゐたと　わたしを知ら
ないひとびとは考へたかも知れない　わたしはあてでもあるかのやうに視
えたにちがひないのだから　ほんたうにあてでもあるかのやうに急ぎ足で
あてでもあるかのやうに暗鬱であつたのだから

〈わたしは酸えた日差しのしたで　ひとりのひとに遇はうとしてゐた〉
わたしは街々のうへにいつぱい覆はれた暗い空にむかつて　やがて自らの
とほり路になるはずの空洞を索しもとめた　空洞はわたしの過剰と静寂と
を決定するはづであつた　わたしには何よりもそれが必要であつたから

わたしはあふれ出る風の騒ぎや雲の動きを覚えようとしなかつた　季節はいまこころの何処を過ぎようとしてゐるのか　そして生存の高処で何がわたしに信号しようとしてゐるのか　わたしは知らうとはしなかつた

長い時間わたしはどれほど沈黙のなかに自らの残された純潔を秘さうとしてきたか　しかもわたしはそれを秘しながらひとつの暗蔭な季節を過ぎてたと信じてゐた　〈結局〉とわたしは考へる　〈わたしはむしろ生存の与件よりも虚無の与件をたづねてゐたのではなかつたか！〉　且てわたしはわたしの精神のなかにある建築を使役することが出来なかつた　わたしはむしろ形態あるものの亡びてしまつたあとに　それを自らの記念碑として保存しようとするだけであつた　しかもそれを保存することで　わたしはわたしの生存に何を寄与しようとするのかわからなかつた　あるひはわたしの寄与しようとしたものが悪意のうちにかこまれて消え去つたといふことでわたしはひとびとに判らせることを諦めてしまつたのかも知れない　わたしの建築はそのときから与件のない空洞にすぎなくなつた　わたしはいまそれを暗い空にむかつて索さうとしてゐた　扶壁・窓々・円柱・むなし

く石材に刻まれた飾窓・まるで無人のすでに亡びさつた生存の象徴のやうに　としつきわたしは孤独とか寂寥とかひとびとが漠然と呼びならはしてゐるものの実体としてそれを守つてきたのではなかつたか

つひに何の主題もない生存へわたしを追ひこんだもののすべてをわたしはわたしの精神のなかにある建築に負はせた　ひとびとはいつか巨大な建築のふとした窓と窓の間に赤錆びた風抜きを見つけ出すだらう

わたしはわたしの沈黙が通ふみちを長い長い間　索してゐた
わたしは荒涼とした共通を探してゐた

＊　＊　＊

《追憶によつて現在を忘却に導かうとすることは衰弱した魂のやりがちのことであつた　わたしは砂礫の山積みされた海べでへどこから　どこからおれはきたか〉といふ歌曲の一節によつてわたしのうち克ち難い苦悩の来歴をたしかめようとしたのだ　むしろたしかめるといふよりも歌曲のもつ

てゐる時間のなかにまぎれこもうとしたのだ

砂礫の山積みはたしか築岸工事に用ひるためのものであつたらう　あたりに人影もなく　赤い工事用のカンテラがほうりなげてあつた……　〈昔は！〉とわたしは思つたものだ　昔はどうにもあつかひかねる情感の過剰のためによくこの海べをおとづれたものだがと…　ああ　〈昔は〉といふことばがどんなにみすぼらしいものであるかを考へるとわたしは羞恥を覚えざるを得ないのだ　わたしの魂の衰弱にむかつて　またいまはいくらか狡猾さによつて無感覚になつてゐるわたしのこころに対して…

わたしはその頃　わが家のまへのアスファルト路が夏になると溶けてしまふのを視てゐたものだ　そうして貨物自動車が通つた跡には歯形のやうなタイヤの痕跡が深く食ひこんでそれからしばらく経つた頃　道路工夫が白と黒のわく木を立てて補修にやつてきた　彼等がわたしの追憶に残していつたものはやはり赤いカンテラなのだ…

わたしは知つてゐる　それから以後何処と何処で赤いカンテラに出遇つたか！　そうして不思議なことにその赤いカンテラの形態も道路工夫たちの衣服も〈若しかするとその貌も〉少しも変つてゐないことであつた　そうして彼等のツルハシの一打ちがほんの少ししかアスファルトをえぐらないこともまつたくおなじであつた

何といふ記憶！　固定されてしまつた記憶はまがふかたなく現在の苦悩の形態の象徴に外ならないことを知つたとき　わたしは別にいまある場所を逃れようとは思はなくなつたのである》

且てわたしにとつて孤独といふのはひとびとへの善意とそれを逆行させようとする反作用との別名に外ならなかつた　けれどわたしは自らの隔離を自明の前提として生存の条件を考へるように習はされた　だから孤独とは喜怒哀楽のやうな言はばにんげんの一次感覚の喪失のうへに成立つわたし自らの生存そのものに外ならなかつた

おう　ここに至つてわたしは何を惜むべきであらう
ただひとつわたし自身の生理を守りながら暗い時圏が過ぎるのを待つのみであつた　ひとびとはわたしがわたしの部屋にもあの時間の圏内にも何の痕跡も残さなかつたといふことを注視するがいい

自らを嚙む蛇の嫌悪といふ言葉でいまはその思考を外らしてしまふより外ない　何故ならその時間の圏内でのわたしの思考はすでに生理のやうに収着して剝離しないものだから　ひとびとはわたしの表現することのなかつた沈黙を感じ得ないとするならば　或はわたしの魂の惨苦を語りきかせることは無意味なのだ

そんなとき人間の形態〈わたしの形態〉はいつも極限の像で立ち現はれた魂は秘蹟をおほひつくしているとまことしやかに語る思想家たちに告げなければならぬ　あたかも秘蹟を露出させるかのやうに明らかに発光する人間の極限の相《すがた》があることを　こんなことを言つてゐるわたしを革命や善悪

の歌で切断してはなるまい　あたかもひとびとが物を喰はざるを得ないように其の時わたしの孤独はたくさんの聖霊を喰はざるを得なかつたのだから　わたしは匂ひのない路上の無限を歩んだ　匂ひが時間の素質に外ならないと知つたときわたしはこの路上の寂寥を誰とも交換することを願はなかつた

〈そうして自らが費した徒労の時間をいつまでも重たく感じたことのために　残されたわたしの生存はひとつの影にすぎなくなつたのか！〉

長い生存の内側を逆行したときたとへ微小な出来ごとに過ぎないとしても且て一度でも自らを自らの手で葬つたことのある者は　あの長い冬の物象をむかへるために　感覚を殺ぎ　哀歓を忘れ　幾重にも外殻をかぶつてしまつたわたしの魂の準備を決して嗤ふまい　そうしてわたしはあたかも何ごとも起らなかつたやうにはじめてひとつの屈折を曲つていつた　この生存が限りなく長いことをわたしはひとつの美と感じなければならなかつたそれは何といふ異様な美しさだつたらう　はじめに水のやうに触感された

生は　しだいに屈折を加へていつた　わたしは自らのうちに自らを計量しながらつまり完全に覚醒しながら歩まねばならなかつた

孤独のなかに忍辱することは容易であつた　けれどすべての物象がわたしの眼に重量と質とを喪つてしまひそれに従つてわたし自らも感度を磨滅せしめてゆくといふことを怖れてゐた　生存の与件がすべて消えうせた後にんげんは何によつて自らの理由を充たすか　わたしは知りたかつた　わたしにとつて理由がなくなつたとき新しい再生の意味がはじめられねばならなかつたから　わたしの行為は習慣に従ひわたしの思考は主題を与へられなかつた

如何なるものも自らの理由によつて存在することはない　しかもわたしはわたし自らの理由によつて存在しなければならない　生存がまたとない機会であると告げるべき理由をわたしはもつてゐなかつた　しかも既に生存してゐることを訂正するためにわたしの存在は余りに重く感じられた　わたしの魂はすべての物象のなかに風のやうに滲みとほつてしまひ　わたし

の影もまた風の影のうちに一致した　わたしはただありふれた真昼と夜とを幾何学の曲線のやうに過ぎてゆくだけであつた　ひとびとが実証と仮証とをうまく取ちがへてゐるその地点を！

〈愛するものすべては眠つてしまひ　憎しみはいつまでも覚醒してゐた〉

わたしはただその覚醒に形態を与へようと願つた

羞恥がわたしの何処かに空洞となつて住つてゐた　ひとびとはきつと理解するだらう　わたしが言ふべくして秘めてきた沢山の言葉がいまは沈黙の建築をつくりあげてゐるのを　光に織られた面と面との影はまるで時々のわたしの羞恥の截面であつたし　差しこんでくる光束はわたしの沈黙の計数を量るやうに思はれた　しかも決してわたし自らにも狃れようとしないその沈黙の集積を時は果してどうするか　不明がわたし自らのすべてをとざしてゐた

わたしはただわたしの形態がまことに抽象されて　もはやひとびとの倫理のむかふ側へ影をおとすとき　自らの条件が充たされたと感ずるのであつた

独りで凍えさうな空を視てゐるといつも何処かへ還りたいとおもつた　ひとびとが電灯のまはりに形成してゐる住家がきつとひとつ以上の不幸を秘してゐるものであるのを知つてゐたのでいづれかひとつの住家に還らうとは決して思はなかつた　すると何処かへといふのは漠然とわたしの願望を象徴するものであつたらしい　しかも願望の指さす不定をではなくまさしく願望そのものの不定を象徴するものであつた

わたしが了解してゐたのはただわたしのやうなものにもなほひとつの回帰についての願望が必要だといふことであつた　言ひかへればわたしの長い間歩むできた路上がやがて何処かへ還りつくといふことのある佗しげな感覚をわたしが宿命のやうに思ひなしてゐるといふことであつた　一体いつごろからわたしは還りゆく感覚を知りはじめたか　しかもその感覚がわた

しの生存にどのやうな与件を加へ得たか！

〈わたしは過去と感じてゐるものが遠い小さな風景のやうに視えるといふことで　歩んできた路の屈折の少いことを嘆くべきであらうか　誰もが過去を時間から成立つてゐる風景として考へざるを得ないといふことが　どんなにわたしたちの生存を単調なものに視せたか知れない〉

わたしが依然として望んでゐたことは　過去と感じてゐる時間軸の方向にひとつの切断を　言はば暗黒の領域を形成するといふことであつたらしいそれゆゑわたしが何処かへ還りたいと思ふことのうちには　わたし自らを埋没したい願望が含まれてゐなければならなかつた

あはれなことにわたしは最初わたしの生存をうち消すために無益な試みをしてきた　その痕跡はわたしのうちに如何なることも形態に則してなされてはならないといふ確信を与へた　その時からわたしの思考が限界を超えて歩みたいと願ひはじめたと言へる　しかもひとびとが為してしまつたこ

とをあらためて異様に為したことのため　またひとびとが決して為さなかつたことをためらひもなく為したことのため　わたしはたくさんの傷手を感じなければならなかつた

*　　*　　*

時刻がくると影の圏がしだいに光の圏を侵していつた　そればかりか街々の路上や建築のうへで風の集積層が厚みを増してゆくのであつた　わたしはただ自然のそのやうな作用を視てゐるだけでよかつたのかどうか　滑らかな建築の蔭にあつてわたしのなかを過ぎてゆく欠如があつた

つぎつぎに降りそそいでくる光束は　寂かな重みを加へて　わたしはその底にありながら何か遠い過去のほうからの続きといつたような感覚に捉へられてゐた　しばしばわたしの歩むだ軌道の外で喧燥や色彩がふりまかれてゐたとしても　わたしは単光のうちがはを守つてきたのではなかつたかとつぜんわたしには且ての日の悲しみや追憶のいたましさやむごたらしかつた孤独やらの暗示が　ひとつの匂ひのやうに通りすぎてゆくのを感じな

ければならなかつた　おう　まさしくわたしがわたし自らの単純な軌道を祝福するために　現在は何びともしなくなつた微小な過去の出来ごとの追憶を追はねばならない　ひとびとが必要としなくなつた時　わたしはそのものを愛してきたのだから　この世の惨苦にならされた眼はいつも悲しいわけではない　ただひとびとの幸せをふくんで語られる言葉にふと仮証を見つけ出すときだけ限りなく悲しく思はれた

風と光と影の量をわたしは自らの獲てきた風景の三要素と考へてきたのでわたしの構成した思考の起点としていつもそれらの相対的な増減を用ひねばならないと思つた　それゆえ時刻がくるとひとびとが追想のうちに沈んでしまふ習性を　影の圏の増大や　光の集積層の厚みの増加や　風の乾燥にともなふ現在への執着の稀少化によつて説明してゐたのである　わたし自らにとつても追憶のうちにある孤独や悲しみはとりもなほさずわたしの存在の純化された象徴に外ならないと思はれた

わたしは不思議といふ不思議に習はされてゐたしまた解きあかすことも出

来た　だから突然とか超絶とかいふ言ひ方でそれを告知されることを願はなかつた　ただわたしたちは現在でも不思議といふことをわたしたちのこころの内部で感ずることが出来た　そしてあの解きうるものにちがひない現象が　こころに与へた余剰といふものを不思議と呼び習はしてきた

だから触覚のあるひとびとが空のしたですべての物象が削がれてゐると感じたとしてもそれはその通りであつた　けれど昨日と明日とがすでにわたしたちの生存のまはりに構成されて在ると知つたとき　そして昨日と明日とに何か意味を附与することで生存の徴しとしたいと願つたとき　あきらかにそこに不思議といふ呼び名を与へねばならない何かが現はれた　何故ならいたるところの空のしたで　わたしたちの生存は時を限定したいと感じてゐたに相違ないしまた時は決してわたしたちによつて限定されないものに思はれたから　その限定にかけられたわたしたちの欲望がもしかしてわたしたちのこころに余剰を呼び覚すかも知れなかつたから

わたしたちは自らの足が刻んでゆく領域さへ何らかの計量を加へることで

限定しようとした　そして奇怪なことにその結果が意想外であることを怖れるやうにしてきた　誰もがこの生存の領域が単調である〈事実は単調そのものなのだが〉ことを忌んだのだが　それも意想外のことが決して起らないことを前提としてゐるやうに思はれた

もはやわたしたちの空のしたには何ものも残されなくなることを悲しみながら　しかもわたしたちはすべてのものを限定したい欲望のうへに生存を刻みこんでいつた

わたしの時間のなかで孤独はいちばん小さな与件にすぎなかつた　わたしはひとびとに反して複雑な現在といふものの映像を抱いてあの過去を再現しようと思つてゐた　それによつてわたしが自らのうちに加へたと感じてゐる複雑さがどのやうな本質をもつものであるかを知りうるはづであつた

言ひかへるとわたしは自らの固有時といふものの恒数をあきらかにしたかつた　この恒数こそわたしの生存への最小与件に外ならないと思はれたし

それによつてわたしの宿命の測度を知ることが出来る筈であつた　わたしは自らの生存が何らかの目的に到達するための過程であるとは考へなかつたのでわたし自らの宿命は決して変革され得るものではないと信じてゐたわたしはただ何かを加へうるだけだ　しかもわたしは何かを加へるために生きてゐるのではなく　わたしの生存が過去と感じてゐる方向へ抗ふことで何かを加へてゐるにちがひないと考へてゐた

かくしてわたしには現実とは無意識に生きる場であつたし時間とはそれに意識的に抗ふ何ものかであつた　わたしは現実から獲取したもので何らか形あるものはすべて信じなかつた　わたしはただわたしの膨脹を信じてゐたのだ　そうして膨脹を確めるために忍耐づよく時間に抗はねばならなかつた

〈ああ　いつかわたしはこの忍耐を放棄するだらう
そのときわたしは愛よりもむしろ寛容によつてわたし自らの睡りを赦すであらう〉

こころは限りなく乾くことを願つた　極度に高く退いた空の相から　わたしはわたしの宿命の時刻を撰択した　風の感覚と建築に差しこむ光とそれが構成してゐる影がいちやうに乾き切つてゐることでわたしは充されてしまつた　わたしのこのうへなく愛したものは風景の視線ではなく　風景を間接的にさへしてしまふ乾いた感覚だつたから　果てしなくゆく路上でやはり風と光と影だけを感じた

わたしを時折苦しめたことはわたしの生存がどのやうな純度の感覚に支配されてゐるかと言ふことであつた　言ひかへるとわたしはわたし自らが感じてゐる風と光と影とを計量したかつたのだ　風の量が過剰にわたるときわたしの宿命はどうであるか　光の量に相反する影の量がわたしのアムールをどれだけ支配するだらうかと　言はばわたしにとつてわたしの生存を規定したい欲望が極度であつた

わたしをとりまいてゐる風景の量がすべてわたしの生存にとつて必要でな

いならば　いや　その風景の幾分かを間引きすることが不都合でないならばわたし自らの視覚を殺すことによつてそれを為すべきであつた　しかもわたしがより少く視ることがより多く感ずることであるならばそれを為すべきであつた　わたしは感ずる者であることがわたしのすべてを形造ることに役立つてきたと考へてゐたから

わたしは風と光と影との感覚によつてひとびとのすべての想ひを分類することも出来たであらう　且ての日画家たちが視覚のうちに自らを殺して悔ひなかつたやうに　わたしは風と光と影との感覚のうちにわたしの魂を殺して悔ひることがなかつた　わたしの生存にはゆるされたことがたつたひとつ存在してゐた

ひとびとはあらゆる場所を占めてゐた　そして境界は彼等のイデアによつて明らかに引かれていた　若しかしてわたしの占める場所が無かつたとしたら　わたしはこの生存から追はれねばならなかつたらうか

〈投射してくる真昼間の光束よ〉

〈わたしがたいそう手慣れて感じてゐる風や建築の感覚よ〉

わたしはわたしが索めてゐるのにあの類がみつからないといふことのために　それらを理由もなく喪はなければならなかつたのか！


否！　まつたくそれは理由のないことに思はれる　若し場処を占めることが出来なければ　わたしは時間を占めるだらう　幸ひなことに時間は類によつて占めることはできない　つまり面をもつことができない　わたしは見出すだらう　すべての境界があえなく崩れてしまふやうな生存の場処にわたしが生存してゐることを　其処でわたしは夢みることも哀愁に誘はれて立ち去ることも　またひとびとによつて繫れることもない　刻々とわたしは確かに歩み去るだけだ

若しもわたしが疲労した果てに　わたし自らの使命を告げることをひとびとが赦してくれるならば……それを語るだらう　すべての規画されたものによつて　ひとびともわたし自らも罰することをしないことだと！

わたしは限界を超えて感ずるだらう　視えない不幸を視るだらう　けれどわたしは知らない　わたしはやがてどのやうな形態を自らの感じたものに与へうるか　あの太古の石切り工たちが繰返した手つきで　わたしは限りなく働くだらう

わたしたちの行手を決定してゐたものは且てわたしたちのうちにあつたけれど最早　暗い時間だけがまるで生物の死を見定めるやうにわたしを視てゐるだけであつた

〈時間よ〉　わたしがそれににんげんの形態を賦与しようと願つてきた時間よ　わたしはその条件を充すために　自らを独りで歩ませなければならないであらう　わたしは習慣性に心情を狃されることで間接的に現実の危機を感覚してゐた　わたしは現実の風景に対応するわたしの精神が存在してゐないことを　どんなに愕いたことか　わたしの不在な現実が確かに存在してゐた

わたしはほんたうは怖ろしかつたのだ　世界のどこかにわたしを拒絶する風景が在るのではないか　わたしの拒絶する風景があるやうに……といふことが　そうして様々な精神の段階に生存してゐる者が　決して自らの孤立をひとに解らせようとしないことが如何にも異様に感じられた　わたしは昔ながらのしかもわたしだけに見知られた時間のなかを　この季節にたどりついてゐた

* * *

とつぜんあらゆるものは意味をやめる　あらゆるものは病んだ空の赤い雲のやうにあきらかに自らを耻しめて浮動する　わたしはこれを寂寥と名づけて生存の断層のごとく思つてきた　わたしが時間の意味を知りはじめてから幾年になるか　わたしのなかに　とつぜん停止するものがある
〈愛するひとたちよ〉
わたしこそすべてのひとびとのうちもつとも寂寥の底にあつたものだ　いまわたしの頭冠にあらゆる名称をつけることをやめよ

わたしは知つてゐる　何ごとかわたしの卑んできたことを時はひとびとの手をかりて致さうとしてゐる　もつとも陥落に充ちた路を骸骨のやうに痩せた流人に歩行させ　自らはあざ嗤はうとしてゐる時間よ　わたしは明らかにおまへの企みに遠ざかり　ひとりして寂寥の場処を占める　わたしの夕べには依然として病んだ空の赤い雲がある　わたしは知つてゐる　わたしのうちに不安が不幸の形態として存在してゐることを

〈愛するひとたちよ〉
わたしが自らの閉ぢられた寂寥を時のほうへ投げつけるとき　わたしを愛することをやめてしまふのか　わたしの寂寥がもはやいつも不安に侵されねばならなかつたとき　おまへはわたしの影を遠ざからうとするのか　わたしの不安のなかにおまへの優しさは映らなかつた　すでに陥落に充ちたむごたらしい時が　わたしのすべてをうばつてゐた

明らかにわたしの寂寥はわたしの魂のかかはらない場処に移動しようとし

てゐた　わたしははげしく瞋らねばならない理由を寂寥の形態で感じてゐた

少数の読者のための註

詩〈固有時との対話〉は一九五〇年に書かれたもので、一九五〇年―一九五二年の間に形成された詩の最初の部分をなしてゐる。この間ぼくは二三の私的な交換を除いて、詩人たちと独立に歩んでゐた。ぼくは時がぼくに与へてくれるにちがひないと信じてゐたほとんどすべてを与えられなかつたが、ぼくが自ら獲得しようと計量したことの幾らかは獲取し得たと信じられた。少数の読者がこの無償なモノローグめいた時間との対話のなかにあるたつたひとつの客観的な意味――つまり詩のなかに導入された批評または批評のなかに導入された詩――を感知してくれるならば、ぼくは小さな光栄をこの作品に賦与し得たことになるだらう。そして日本現代詩の方法的不遇の一形態に則して歩むことを必然の課題として強ひられねばならなかつたぼくの精神はその光栄を無二のことと感ずるに相違ない。

ぼくはいつも批評家を自らの胎内にもつた詩人を尊重してきたのだ。

ぼくの〈固有時との対話〉が如何にして〈歴史的現実との対話〉のほうへ移行したかは、この作品につづく〈転位〉によつて明らかにされなければならない。ここではただ一九五〇年においてぼくは精神の内閉的な危機において現実の危機を写像しつつあつたことを註しておきたいと思ふ。

一九五二年五月　　　　作　者

附記

この作品のうちの二三の節は一篇の詩として大岡山文学八十七号(一九五〇年十一月発行)に発表された。なほ上梓にあたつてそのすべてを負つてゐる畏友奥野健男氏および坂本敬親氏につつしんで感謝の意を表したい。

転位のための十篇

深尾修に

火の秋の物語
――あるユウラシヤ人に――

ユウジン　その未知なひと
いまは秋でくらくもえてゐる風景がある
きみのむねの鼓動がそれをしつてゐるであらうとしんずる根拠がある
きみは廃人の眼をしてユウラシヤの文明をよこぎる
きみはいたるところで銃床を土につけてたちどまる
きみは敗れさるかもしれない兵士たちのひとりだ

じつにきみのあしおとは昏いではないか
きみのせおつてゐる風景は苛酷ではないか
空をよぎるのは候鳥のたぐひではない

鋪路（ペイヴメント）をあゆむのはにんげんばかりではない
ユウジン　きみはソドムの地の最後のひととして
あらゆる風景をみつづけなければならない
そしてゴモラの地の不幸を記憶しなければならない
きみの眼がみたものをきみの女にうませねばならない
きみの死がきみに安息をもたらすことはたしかだが
それはくらい告知でわたしを傷つけるであらう
告知はそれをうけとる者のかはからいつも無限の重荷である
この重荷をすてさるために
くろずんだ運河のほとりや
かつこうのわるいビルディングのうら路を
わたしがあゆんでゐると仮定せよ
その季節は秋である
くらくもえてゐる風景のなかにきた秋である
わたしは愛のかけらすらなくしてしまつた
それでもやはり左右の足を交互にふんであゆまねばならないか

ユウジン　きみはこたえよ
こう廃した土地で悲惨な死をうけとるまへにきみはこたへよ
世界はやがておろかな賭けごとのをはつた賭博場のやうに
焼けただれてしづかになる
きみはおろかであると信じたことのために死ぬであらう
きみの眼はちひさないばらにひつかかつてかはく
きみの眼は太陽とそのひかりを拒否しつづける
きみの眼はけつして眠らない
ユウジン　これはわたしの火の秋の物語である

分裂病者

不安な季節が秋になる
そうしてきみのもうひとりのきみはけつしてかへつてこない
きみははやく錯覚からさめよ
きみはまだきみが女の愛をうしなつたのだとおもつてゐる

おう　きみの喪失の感覚は
全世界的なものだ
きみはそのちひさな腕でひとりの女をではなく
ほんたうは屈辱にしづんだ風景を抱くことができるか
きみは火山のやうに噴きだす全世界の革命と
それをとりまくおもたい気圧や温度を

ひとつの加担のうちにとらへることができるか

きみのもうひとりのきみはけつしてかへつてこない
かれはきみからもち逃げした
日づけのついた擬牧歌のノートと
女たちの愛ややさしさと
睡ることの安息と
秩序や神にたいする是認のこころと
狡猾なからくりのおもしろさと
ひものついた安楽と
ほとんど過去の記憶のぜんぶを

なじめなくなつたきみの風景が秋になる
きみはアジアのはてのわいせつな都会で
ほとんどあらゆる屈辱の花が女たちの慾望のあひだからひらき
街路をあゆむのを幻影のやうにみてゐる

きみは妄想と孤独とが被害となつておとづれるのをしつてゐる
きみの葬列がまへとうしろからやつてくるのを感ずる
きみは廃人の眼で
どんな憎悪のメトロポオルをも散策する
きみはちひさな恢復とちひさな信頼をひつようとしてゐると
医師どもが告げるとしても
信じなくていい
きみの喪失の感覚は
全世界的なものだ
にんげんのおほきな雪崩にのつてやがて冬がくる
きみの救済と治癒とはそれをささえることにかかつてゐる

きみのもうひとりのきみはけつしてかへつてこない
きみはかれが衝げき器のヴォルテイジによつてかへると信ずるか
おう　それを信じまい
きみの落下ときみの内閉とは全世界的なものだ

不安な秋を不安な小鳥たちがわたる
小鳥たちの無言はきみの無言をうつしてゐる
小鳥たちが悽惨な空にちらばるとき
きみの精神も悽惨な未来へちらばる
あはれな不安な季節め
きみが患者としてあゆむ地球は
アジアのはてに牢獄と風てん病院をこしらへてゐる

黙契

おまへのちひさな敗北は
塵芥をながしてゐるうすくらい晨の運河べりで
生活の窮乏や愛のあせた女の背信を
一瞬の泥水のやうにのみくだし
みじめな浮浪人のこころになる
たつたそれだけのことだ
けれどおまへは傷つくにちがひない
それがおまへやおまへの晨をいつそうくらくする
それがおまへの反逆の根つこになりうる
それが絶望の種子をいたるところにうえる
そんな脆いにんげんのこころに

そうしておまへがにんげんにたいして感じてゐるみじめさはほんたうだ
あらゆる正義や反逆の根つこが
あまりたしかでないといふことで
おまへの感じてゐる疑惑や傷手はほんたうだ
地球といふこのおほきな舞台で
富や安定が正義をつくりあげる
ちひさな屈辱がおほきな反抗にかはる
その手品はそれぞれ正当に存在してゐる
けれど手品師はけつしてじぶんの仕掛けに傷ついてみない
おまへは考へることをやめるな
ほとんどあらゆる正義のうつくしさが
公準から見はなされてひさしいといふこと
わたしやおまへがひとつの幸せから遠ざかるとき
幸せのはうもわたしやおまへから遠ざかる意志をもつてゐること
絶対とか神とかが
一瞬を永遠にすりかへようとする手品にすぎず

手品師の悲哀や絶望や貪慾が
そのからくりをささへてゐるのだといふこと

おう　だから
おまへもわたしもあまり巧妙でない手品師のひとりだ
そうしてじぶんの演ずる手品の仕掛について
卑怯なパントマイムの俳優の仲間だ
うしろめたい謎がいつも生存の断崖でうかがつてゐる
にんげんの黙契の醜怪な貌が
あらゆる風景のうしろがはにゐる
おまへがおまへのちひさな敗北につまづく晨
わたしはコムプレックスを病んでゐる
それがわたしたちの屈辱の季節といふものだ

どこにもあまりたしかな理由はないとかんがへるおまへと
どこにも価する苦悩はないとしんずるわたしと

とにかくうすくらい飢餓のなかから
それぞれの反抗を結びつけて
あゆみはじめねばならない
おまへはおまへのちひさな敗北を
どこか女たちの畑のなかに排せつする
するとまるでおまへの敗北に歪んだやうな
たんぽぽや菫の花がひらく
おまへはその一九五〇年代の春をたいせつにしなければならぬ
わたしはあらゆる黙契をほじくりかへす
地殻をとりまいてゐる靄のやうなふんゐきをはがしてあるく
おう　そしてほとんどたしかに
おまへがいちれつの屈辱の花を育ててゐる
そんな風景がいつしよに露出してくる

絶望から苛酷へ

ぼくたちは肉体をなくして意志だけで生きてゐる
ぼくたちは亡霊として十一月の墓地からでてくる
ぼくたちの空は遠くまで無言だ
ぼくたちの空のしたは遠くまで苛酷だ
うたふことのできないぼくたちの秋よ
うたふことを変へてゆくぼくたちのこころよ
ぼくたちが生きてゐることだけでぼくたちの同胞はくらい
ぼくたちが死なないことだけでぼくたちの地球は絶望的な場処だ
そうしてぼくたちは生きてゐる理由をなくしてゐることだけで
同胞と運命をつないでゐる

ぼくたちは愛をうしなつたときぼくたちの肉体をうしなつた
ぼくたちが近親憎悪を感じたとき
同胞はぼくたちの肉体を墓地に埋めた
おう　いちまいの風だけが
ぼくたちの肉体に秋から冬への衣裳を着せかける
ぼくたちの肉体は風と相姦する
ふ**ご**のやうに
からすの啼きかはす墓地から
ぼくたちは亡霊となつてでてくる
ぼくたちの衣裳は苛酷にかはつてゐる
ぼくたちの視る風景はくろずんでゐる

屈辱のはんぶんはぼくたちの土地から生れてそこにある
屈辱のあとのはんぶんはダビデの子から遺伝してそこにある
ぼくたちはいまもむかしのやうに労働を強ひられ
鎖をたちきるために反逆をかくまつてゐる

ぼくたちの空はやがて語りはじめ
ぼくたちの空のしたはやがて抗争するだらう
ぼくたちの都市は波うち際までせまり
ぼくたちの工場地帯は海にむかつて炭煙をはき出す
そうして生きてきたことがぼくたちを変へなかつたやうに
海はその色と運搬をつづける
ぼくたちの屈辱はみのり　はじけ　枯れる
つぎにぼくたちはあかるい街々で死ぬだらう

おう　未来のむげん都市と生産地帯から
ぼくたちの屈辱とぼくたちの絶望は発掘されるか
そのときあかるさがにんげんを変へ
ぼくたちの遺伝子はぼくたちの屈辱を忘れる
ぼくたちの絶望は意味を拒絶される
反逆と加担とのちがひによつて
ぼくたちの屍はむちうたれるだらう

ふたたび死のちかくにゐる季節よ
ぼくたちの分離性の意志が塵埃にまみれて生きてゐる
労働は無言であり刑罰である
未来のことがなにひとつ視えないとき
ぼくたちの労働はしひられた墓掘りである
ぼくたちの疲労のほかにぼくたちをたしかめる手段はない
苛酷はまるで呼吸のやうに切迫する
遠くまで世界はぼくたちを檻禁してゐる

（未完）

その秋のために

まるい空がきれいに澄んでゐる
鳥が散弾のやうにぼくのはうへ落下し
いく粒かの不安にかはる
ぼくは拒絶された思想となつて
この澄んだ空をかき撩さう
同胞はまだ生活の苦しさのためぼくを容れない
そうしてふたつの腕でわりのあはない困窮をうけとめてゐる
もしもぼくがおとづれてゆけば
異邦の禁制の思想のやうにものおぢしてむかへる
まるで猥画をとり出すときのやうにして
ぼくはなぜぼくの思想をひろげてみせねばならないか

ぼくのあいする同胞とそのみじめな忍従の遺伝よ
きみたちはいつぱいの抹茶をぼくに施せ
ぼくはいくらかのせんべいをふところからとり出し
無言のまま聴かうではないか
この不安な秋がぼくたちに響かせるすべての音を
きみたちはからになつた食器のかちあふ音をきく
ぼくはいまも廻転してゐる重たい地球のとどろきをきく
それからぼくたちは訣れよう
ぼくたちのあひだは無事だつたのだ

そうしてぼくはいたるところで拒絶されたとおなじだ
破局のまへの苦しさがどんなにぼくたちを結びつけたとしても
ぼくたちの離散はおほく利害に依存してゐる
不安な秋のすきま風がぼくのこころをとほりぬける
ぼくは腕と足とをうごかして糧をかせぐ
ぼくのこころと肉体の消耗所は

とりもなほさず秩序の生産工場だ
この仕事場からみえるあらゆる風と炭煙のゆくへは
ほとんどぼくを不可解な不安のはうへつれてゆく
ここからはにんげんの地平線がみえない
ビルディングやショーウヰンドがみえない
おう　しかもぼくはなにも夢みはしない

ぼくを気やすい隣人とかんがへてゐる働き人よ
ぼくはきみたちに近親憎悪を感じてゐるのだ
ぼくは秩序の敵であるとおなじにきみたちの敵だ
きみたちはぼくの抗争にうすら嗤ひをむくい
疲労したもの腰でドラム罐をころがしてゐる
きみたちの家庭でぼくは馬鹿の標本になり
ピンで留められる
ぼくはきみたちの標本箱のなかで死ぬわけにはいかない
ぼくは同胞のあひだで苦しい孤立をつづける

ぼくのあいする同胞とそのみじめな忍従の遺伝よ
ぼくを温愛でねむらせようとしても無駄だ
きみたちのすべてに肯定をもとめても無駄だ
ぼくは拒絶された思想としてその意味のために生きよう
うすくらい秩序の階段を底までくだる
刑罰がをはるところでぼくは睡る
破局の予兆がきつとぼくを起しにくるから

ちひさな群への挨拶

あたたかい風とあたたかい家とはたいせつだ
冬は背中からぼくをこごえさせるから
冬の真むかうへでてゆくために
ぼくはちひさな微温をたちきる
をはりのない鎖　そのなかのひとつひとつの貌をわすれる
ぼくが街路へほうりだされたために
地球の脳髄は弛緩してしまふ
ぼくの苦しみぬいたことを繁殖させないために
冬は女たちを遠ざける
ぼくは何処までゆかうとも
第四級の風てん病院をでられない

ちひさなやさしい群よ
昨日までかなしかつた
昨日までうれしかつたひとびとよ
冬はふたつの極からぼくたちを緊めあげる
そうしてまだ生れないぼくたちの子供をけつして生れないやうにする
こわれやすい神経をもつたぼくの仲間よ
フロストの皮膜のしたで睡れ
そのあひだにぼくは立去らう
ぼくたちの味方は破れ
戦火が乾いた風にのつてやつてきさうだから
ちひさなやさしい群よ
苛酷なゆめとやさしいゆめが断ちきれるとき
ぼくは何をしたらう
ぼくの脳髄はおもたく　ぼくの肩は疲れてゐるから
記憶といふ記憶はうつちやらなくてはいけない

みんなのやさしさといつしよに

ぼくはでてゆく
冬の圧力の真むかうへ
ひとりつきりで耐えられないから
たくさんのひとと手をつなぐといふのは嘘だから
ひとりつきりで抗争できないから
たくさんのひとと手をつなぐといふのは卑怯だから
ぼくはでてゆく
すべての時刻がむかうかはに加担しても
ぼくたちがしはらつたものを
ずつと以前のぶんまでとりかへすために
すでにいらなくなつたものにそれを思ひしらせるために
ちひさなやさしい群よ
みんなは思ひ出のひとつひとつだ
ぼくはでてゆく

嫌悪のひとつひとつに出遇ふために
ぼくはでてゆく
無数の敵のどまん中へ
ぼくは疲れてゐる
がぼくの瞋りは無尽蔵だ

ぼくの孤独はほとんど極限《リミット》に耐えられる
ぼくの肉体はほとんど苛酷に耐えられる
ぼくがたふれたらひとつの直接性がたふれる
もたれあふことをきらつた反抗がたふれる
ぼくがたふれたら同胞はぼくの屍体を
湿つた忍従の穴へ埋めるにきまつてゐる
ぼくがたふれたら収奪者は勢ひをもりかへす
だから　ちひさなやさしい群よ
みんなのひとつひとつの貌よ
さやうなら

廃人の歌

ぼくのこころは板のうへで晩餐をとるのがむつかしい　夕ぐれ時の街でぼくの考へてゐることが何であるかを知るために　全世界は休止せよ　ぼくの休暇はもう数刻でをはる　ぼくはそれを考へてゐる　明日は不眠のまま労働にでかける　ぼくはぼくのこころがゐないあひだに　世界のほうぼうで起ることがゆるせないのだ　だから夜はほとんど眠らない　眠るものたちは赦すものたちだ　神はそんな者たちを愛撫する　そして愛撫するものはひよつとすると神ばかりではない　きみの女も雇主も　破局をこのまないものは　神経にいくらかの慈悲を垂れるにちがひない　幸せはそんなところにころがつてゐる

たれがじぶんを無惨と思はないで生きえたか　ぼくはいまもごうまんな廃

人であるから　ぼくの眼はぼくのこころのなかにおちこみ　そこで不眠をうつたえる　生活は苦しくなるばかりだが　ぼくはまだとく名の背信者である　ぼくが真実を口にすると　ほとんど全世界を凍らせるだらうといふ妄想によつて　ぼくは廃人であるさうだ　おうこの夕ぐれ時の街の風景は無数の休暇でたてこんでゐる　街は喧噪と無関心によつてぼくの友である苦悩の広場はぼくがひとりで地ならしをして　ちようどぼくがはいるにふさはしいビルディングを建てよう　大工と大工の子の神話はいらない　不毛の国の花々　ぼくの愛した女たち　お訣れだ

ぼくの足どりはたしかで　銀行のうら路　よごれた運河のほとりを散策する　ぼくは秩序の密室をしつてゐるのに　沈黙をまもつてゐるのがゆいつのとりえである患者ださうだ　ようするにぼくをおそれるものは　ぼくから去るがいい　生れてきたことが刑罰であるぼくの仲間で　ぼくの好きな奴は三人はゐる　刑罰は重いが　どうやら不可抗の抗訴をすすめるための休暇はかせげる

死者へ瀕死者から

広場と濠ばたと街路で
銃眼に射ぬかれた死者よ
風のやうにまきあがつた塵埃につつまれて屍をよこたへた
死者よ
腐敗した都会の五月の風とおほきなフイナンツの生きた手足が
いつものはれあがつた空のしたできみたちを死におくつたのである
きみたちは死霊となつて
いまも街角で視ることができる
貨車（ワゴン）のうへの装甲車や砲が
なんの礼儀もなく疾走してゆくのを
またをはることのない群衆の帽子が

ひとつひとつビルディングのなかに消えてゆくのを
またそのとき教会堂の鐘が鳴り
天候旗が
晴ときどき曇りの信号をあげてゐるのを

大戦のあとでじぶんの意志をつくりあげ
女たちの愛のかはりに　反逆の思想をえらんだ
ゆめは迅速で
非議はするどく
なけなしの微温をつきやぶつて
きみたちはいつてしまつた
いまも秩序のおとしあなのあひだで
きみたちは永遠に抗争する者だ
うす汚れた風がきみたちの霊を訪問する
そのあとからちんばをひいたぼくの思想がおとづれる
きみたちの霊を眠らせないために

いまもぼくたちの都会は奴隷的で
理由もなく飢えるものと
インフエリオリテイ・コムプレツクスを病むものと
分裂症的愛憎にからみあふものと
あらゆる偽まんのうへで
戦争をチヤンスのやうにうかがふものとが
あひかはらずはき溜めのやうに生きてゐる
おう　そしてぼくは
瀕死者であるのに死者たちの安息をもたない

奴隷的な街の腰のあたりで
運河が汚物をうかべてゐる
銀行が虫様突起のやうに
ひとびとの秘された惨苦をつきさしてゐる
あらゆるものへの袂別を
脳髄が示唆するときでも

ぼくの不幸は風景に鎖のやうにつながれてゐる
めをさませ　死者たちよ
きみたちの憤死はいまもそのままぼくの憤死だ
午後の日ざしや街路樹の葉のかげから
魔術師のやうに明日の予感がやつてくるが
ぼくはほとんど未来といふやつに絶望だけしかみない
絶望と抗ふためにふたたび加担せよ
ぼくたちの時代に　墓地は惨憺をあいしてゐない
巨大なひとつのむくろと　むすうの蘇生をのぞんでゐる

一九五二年五月の悲歌

崩れかかつた世界のあつちこちの窓わくから
薄あをい空を視てゐる
円けいの荷重を感じてゐる　むすうの
にんげんの眼
信ずることにおいて過剰でありすぎたのか
ぼくの眼に訣別がくる
にんげんの秩序と愛への　むすうの
訣別がくる

銃口は発しやするな
壁や踏みあらされた稗畑を破かいするな

その引金に手をかけるものが秩序であるとき
ぼくはなほちひさな歌をうたへる
ぼくはなほ悲歌をささげることができる
ぼくのゆいつであつた愛や
ぼくをそだててくれた秩序と狡智にむかつて
そうして太陽は五月のあひだを
火焔をつれてめぐり
そのしたで無数の窓のなかのぼくの窓が
黒布をたれてぼくの悲しみを証してゐる

訣別はどこにはじまつたのか
どこにかたちをあらはしたのか
そのとき五月の空は鮮やかに　ビルディングのうへで
血と蒙塵と湿つた風とを噴きあげ　ぼくは
みづからに赦さうとした愛の惰性を憎んだ

萌えでる五月の街路樹よ
陰えいを匂ひでわける微かな風よ
屈折したペイヴメントのうへでぼくの予感が視る
箱詰めにあつたぼくの死とぼくの生とを
埋もれてゆくにんげんとにんげんの苦悩とを
生きのこるものとその寂しげな象徴とを
もしぼくたちが機械のひとつであるとじぶんを考へうれば
ぼくたちの文明はしごく平安なのだ
銀行の扉がひらき　有価証券の額面が四散する
フィナンツカピタリズムの再生と膨脹
ぼくにあたへられたふたつの眼が
たしかに視るべきものを視てゐる

鉄鎖をたち切らうとする五月よ
煤けた花々のさく季節よ
美しいことのなかつたぼくたちの時代の言葉で

祈禱や呪咀をとなへることをやめよう
季節はふたいろの風から
ちひさな夕星を生んでゐる
ぼくのしらないひとたちがアジアのどこかで
銃床と星とを繫ぎあはせる
あの伝承の地平線で
非道の殺戮をはびこらせるな
ぼくはそれをかんがへるとき
疾走するかげのやうに　ひとびとの言葉のなかで語らうとするのだ

へ夕べがひとびとの頭のうへでひらく
睡りがおちてきさうに空が烟つてゐる
哀れな地球ではいつせいに晩餐がはじめられる
黄色なひかりに埋もれて　ぼくはひとつの仮定をたてる
明日ぼくのうへにやつてくる荒涼とその救済について
たれかのために唱ふだらう　ぼくのちひさな歌について

荒廃した未来へあゆみよる　ぼくのわづかな歩行について
それはしづかな怯懦でもあるのか
ぼくは死に　ぼくの優しさがそれをかんがへてゐる

とぢられたぼくの眼は永遠を約束されないけれど
むすうの星がぼくの精神のゐないあひだに生れ
ぼくのゐないあひだに薄れる
それだけがぼくの夕べと夜との説話だ
ゆるされた明るい可能だ〉

絶望がむかふからかたい気圏をこしらへてくる
ぼくのとほい友たちは銃口を擬して
時刻をまもつてゐる
をはることのない暗憺をぼくはかれらのために憎む
未来と過去とを鎖のやうにつないでゐる歴史を憎む
重荷がぼくたちの肩から　未来の肩にうつされる

そのときのぼくたちの安堵を憎む
鉄鎖のなかにきた五月よ
ちがつた方向からしづかな風をよこしてゐる五月よ
ぼくは強ひられた路上に　ぼくの影があゆむのを知つてゐる

星のうた　落下のうた　夕べの風のうた
ぼくはぼくの仲間たちに何を告げよう
かれらのゆく路にかれらの草が騒いでゐる
希望をとりかへにぼくをおとづれようとするな
いつもある者は死にあるものは生きてゐる
つまりいつさいの狡智の繁栄するところで
さびしげなことをしようとするな

鉄鎖につながれた五月よ
おもたい積載量をのせてめぐつてきた地球のうへの季節よ
草と虫と花々のうへに

陽が照り　影が転移する
ぼくはむすうの訣別をそのうへに流す

審 判

苛酷がきざみこまれた路のうへに
九月の病んだ太陽がうつる
蟻のやうにちひさなぼくたちの嫌悪が
あなぐらのそこに這ひこんでゆく
黄昏れのはうへ　むすうのあなぐらのはうへ
ぼくたちの危惧とぼくたちの破局のはうへ
太陽は落ちてゆくように視える

はじめにぼくたちの路上が　羞恥が　ちひさな愛が
つぎにぼくたちの意志が
かげになる

ぼくたちのさてつした魂は役割をへる
あの悔恨に肉づけすることにつかひ果したこころを
あなぐらのそこに埋没させようとする
しづかに睡るのかあきらかに死ぬのか知らない
ぼくたちのつけくはへた風景は破壊されるのかどうか知らない
ぼくたちの根拠はしだいに荒廃し
ぼくたちの愛と非議と抗争とはみしらぬ星のしたに繋がれる

おう　ぼくたちの牢獄
風が温度と気圧とをかへ
戦火と乾いた夜が風景とその視線をかへ
ぼくたちの不幸な感情が女たちのこころをかへ
夕べごとに板のうへで晩餐がひらかれる
いつせいに寂しいぼくたちの地球よ
ぼくたちはいんめつされた証拠のために
盗賊と殺人者の罪状を負はなければならない

いんめつされた証拠を書きあらためるため
ぼくたちの不在をひつようとするものがゐる
そこに奪はれたものと奪はれないものとを
空しくわけようとするぼくたちの眼が繋がれてゐる

ぼくたちは九月の地球を愛するか
おう　ぼくたちはそれを愛する
ぼくたちは砲火と貨車(ワゴン)のうへの装甲車をこのむか
おう　ぼくたちはそれをこのまない
ぼくたちは記憶と屈辱とになれることができるか
おう　ぼくたちはそれになれることができない
ゆくところのないぼくたちの信号よ
とまどふひとびとの優しいこころよ
ぼくたちの路上はいまも見なれてゐてしかも未知だ
どんな可能もぼくたちの視てゐる風景のほかからやつてこない
どんな可能もぼくたちの生を絶ちきることなしにおとづれることはない

ぼくたちはそこで刺し殺さねばならぬ
架空のうたと架空の謀議と
たしかなぼくたちの破局とを
ぼくたちはそこで嗤はねばならぬ
フィナンツの焦慮とその行方とを

おう　さびしいぼくたちの法廷
九月の太陽は無言だ
まるでぼくたちの無言のやうに
すべての小鳥たち　すべての空のいろも無言だ
ぼくたちはぼくたちの病理を言葉にかへない
ぼくたちはぼくたちの病理を審判にゆだねる
なぜ　美しいものと醜いものとがわけられないか
なぜ　未来の条件のまへに現在を捨てきれないか
なぜ　愛憎をコムプレックスによつておしつぶすか
なぜ　本能に荒涼たるくびきをかけるか

おう　その威厳と法服とを歴史のたどられたプロセスからかりるだらう
ぼくたちの法定者よ
ぼくたちを裁くために嗤ふべき立法によるな
ぼくたちを裁くためにけちくさい倫理をもちひるな

ぼくたちはじぶんの無力に伝播性がなく
いつもひとりで窓をこじあけ
九月の空と太陽をみようとするのを知つてゐる
習慣以上のとがつた仕種で
世界のあらゆる異質の思想をののしらうとかまへてゐる
ぼくたちの苛酷な夢のはやさを知つてゐる
ぼくたちのこころはうけいれられないとき
小鳥のやうなはやさでとび去り
そのときぼくたちをとりまいてゐる微温を
つき破つてしまふのを知つてゐる

ぼくたちはすべての審判に〈否〉とこたへるかもしれない
そうして牢獄の夜が
どんな破局の晨にかはらうとも
ぼくたちはそれに関しないと主張するかも知れない
ぼくたちは支配者からびた一文もうけとらず
もつぱら荒涼や戦火を喰べて生きてきたと主張するかもしれない

註

この詩集にあつめられた作品のうち、火の秋の物語は大岡山文学八十八号に、一九五二年五月の悲歌はガリ版詩誌斜面(これはぼくの敬愛する大岡山文学の同人がつくつていた)の第二号に、分裂病者は近代文学一九五三年五月号に、それぞれ既発表のものである。詩集の刊行にゆきとどいた神経と善意とを惜みなく与へられた奥野健男氏安竹了和氏坂本敬親氏をはじめ、敬愛する友人諸氏につつしんで感謝する。

初期詩篇

「哲」の歌

人はみんな私を「哲」と言つた
　「哲」は泣く事が大好きだつた――
葦の新芽のみずく〱しい
　　海辺でも
「哲」は泣くに違ひない――
「哲」の踏んで行く
　　　砂の足くぼを
真赤な「べんけい蟹」が懐しむに違ひない
「哲」は今日も
白々と続く砂浜に佇んでゐる
「哲」の好きな船は
　　　今日もやつて来ない

一九四一―一九四四

「哲」は明日もその船を待つてゐるだらう
「哲」の待つてゐる船は
　未だ難破するものか
「哲」の待つてゐる船は
　難破するものか
「哲」は今日も
白々と続く砂浜に佇んでゐる。

朝　貌

榛の木の間では
かぶと山の天辺《テッペン》は眠つてゐるのだな

青黒い山のひだ雪は

消えてしんしんとする
（そうしたら僕は
僕の街へかへらう）

東の方に僕の街があり
くるくる日輪が廻つてゐる

旅

呼子と北風

真蒼な空が果しもなく続いてゐる海辺
赤いぐみの木の実がなつてゐるその道
ぽつ然と歩んで行く私の影

それらは私を旅へ駆り立てる夢である
けれど現実は雨にそぼぬれて
陰惨な空を仰いでゐる私の姿であるか

歩んで来た人生の私の旅も
私が夢見て来たものよりも美しくはないが
ちぎれる様なうらみは無かつた

そこで私が見た人々
そこで私が踏んだ波
そこで私が死ななかつた喜び
私を賑はして呉れたもの——
美しさより涙に富んでゐた
本当よりも真実に近かつた
私を賑はして呉れたもの——

私は今　自分の影を捉へなければ
一日も居られない様な病を抱いて
一寸　旅に出かけて来ます
恐ろしい様な愉しい様な思ひです

やがて私が戻つて来る頃は
且て謡つた私の詩に
私の懐しい友の一人が
曲を作つて送つて呉れる筈です

詩

銀杏が音を立てて落ちる様な冬の夜だつた
私はせつせと詩を書いて見た

どれもこれも大した詩は出来なかつたが
鳥が上をあふいでそれから下を求める様な
豊かな心が判る程だつた
「今の私は詩が出来ないから駄目ですよ」
そんな風に口にしてゐた頃の私もあつたが
詩の出来るやうな淋しさも
存在してゐるのが判つた
こんな時　私が何時かいぢめた「ちび」が
「暗い精神的な物の見方をせずに
もつと明るい気持を持つて下さい」
と言ふ便りを寄来した
そのまずい文字にも冬がさはいでゐた

機械

色相の濃淡によつて
　人の気分が弁じられる様な機械が出来ると
人間はもう孔雀のやうに
　瞋りや微笑がもの愁くなり
灰色うつろの壁の四周には
　一めんに氷点下何度と言ふ気相アフオリズムが
　並べてべたべた書き捨てられ
人間は唯何げなくそしらぬ風に
組立てられたり壊れたりするのです

「時禱」詩篇　一九四六―一九四七

習作五(風笛)

——宗教的なる現実——

ゆふべにはちぢに散らばふ空の雲のなかで
あしたには真赤な紅ほほづきの実のしたで
するすると空までのぼる笛の音です
(風はさびしく笛を吹きます)

あゝ遠い日のあれはしづかな風の音でした
わたくしは幼なく清らかで
もうすべてが充たされてをりました
あしたには白骨の御文章をきき
ゆふべには祖母に抱かれて眠りました

（風はさびしく笛を吹きます）
もう喪はれたる願ひのうちに
わたくしはものかなしくその音をききます
世界は濁つた水のやう
眼の前はしづかな黄色のとばりがかゝります

ゆふぐれです
祈りの時刻のやうです
わたくしの諸々の苦しみのため
それではただしく掌を合せます

（風がさびしく笛を吹きます）

失はれたる清らかさのなかで
もうちちははに訣れまする

はげしいはげしい雨風に傷めつけられ
狂つたやうに旅立ちまする
（風はさびしく笛を吹きます）

さあそれではみんな夜にかはります

詩稿Ⅳ　一九四六

老工夫

夢は視なかつた
働き食ひ酒を含み　酔へば日々はみな照れくさかつた
すべて生きものは機械……
ただ時々の不協和が妖しい糸を曳いて彼をときめかした
未来は架空であり過去はみんな幕の外である

厚いガラス窓の外は陽が暖かく
たくさんのきらびやかな物語が描かれてゐた
彼は別乾坤にゐるひとりの観客だつた
（感動）（憧憬）みな遠いところに忘れてきた
彼こそほんたうに生きた　ただ生きてゐた

もろもろの夢は彼を置いてきぼりにした
花開き　鳥唱ふ　みなかかはりなかつた
（あの遠い時間よ）――
彼は積んだ材木のうへに腰を降ろし長い烟管を採り出した

詩稿X　一九四八

古式の恋慕

二つの眼がおたがひをさけて
はつとした瞬間が
巨きな持続を規定する

どちらからともなく歩みはじめれば
プラットフォームは夕映えて
暗いサンダルの音がつづいてゐる

林間の春

しづくに充ちた樹々のあひだの
円やかなひそかな日ざし　あきらかな影のたはむれ
三月のいぢめられた苦しみが
茫んやりと散らかすものの思ひ

すみやかに立ちゆく鳥かげが
さびしい軌跡を残こして
あやまたぬ時のゆくへが
いくたびもいくたびも繰返へす
巨きな反響のやうに

〈おまへはどうしたの
かぎられた力のうちでいつぱいにふるまふの〉

峠

いちまいの紙のやうに
訣れ難くあつた

決定的な決裂のあともなほ
心に蔵したつづらおりのやうな心理のため
ここは風のふかない峠であつた

遅　雪

ぼんやり沈んだ玩具のまちの
玩具の家にふりつもる
夜がきて
しづかな憩ひのランプがともり
みんなが語りあつてゐるとき
風がたよりなく吹きとばし

雪がぽつりぽつり落ちるかと思へば
また風がたよりなく吹きとばし
少女がのんきさうに書物を誦んでゐる
はやくすべてが崩れてしまへ
みんなのこころも
屋根のはるかなうへの
灰色の雲たちも

春がきてゐるのに
変つたものが落ちてくるので
すべてが冷たくなる
食器や家具の色までも

あゝ遠いくにでは
さぞかしつらいだらう
みんながみんな

さびしさうな顔をして
真剣に話し合つてゐる
戦争について人の死ぬことについて

狼のやうにおそろしい
自然や人工の機械や
もつとおそろしい
魂の不安について

少女はつと書物の上から面をあげる
風がたよりなく吹きとばし
変つたものが落ちてくるので

魚紋

うつりゆく夕のいろに
寺院は鐘をうち出すとき
ごおうんかいんとひびく
空のきめ檜の樹々に
うちゆする風のさなか

疲れ果て
魚紋のごとくはがれてゆく
いちまいのいちまいづつの
さびさびとする喪失の
いまこそはきらめけと
青くして移りゆく空のした

わたしはとどろく歩みをする

風はやみ
ものなど未だつめたき街にあり
しのび寄るつらき春
擬態してあざめけば
墓標のごときうらぶれの
建築のかげはかさなりて
あてどなくおよぎゆく
深き海の
奇怪なるかなしみおののく
わたしは魚族

（とほい昔のひとが住んでゐる）

とほい昔のひとが住んでゐる
わたしのなかに
わたしはすこしも新しくなんかない
怠惰と驕慢と無頼とが
みんなありのままに住んでゐる
千年まへのひとのやうに女のひとを恋ひ
あゝしまつた！　などとつぶやいて
ざん愧に身もだえする
誇りかに生きんとして
弱きところをすくはれ
反吐のやうに生きることに執着し
あーもうたくさんだ！　などと

友にうちあけては酔つてゐる

さようなら
世界のすみずみにゐる人！
もうわたしからは何も生れません
そうして春の夕ぐれ
電車などといふ野ばんなものの窓から
さびしい雲をまねいて
くりかへしてゐる
おゝこれからはどうしよう！

残照篇　一九四九―一九五〇

善

遠い遠いちひさな善だつたころの

ひとつの所作をおもひ出してゐる
汽車にのつて
えんえんとつづく防雪林のあひだを
迅速にしかも重たくあえいでいつた頃をおもひだしてゐる
そのころ
ぼくは烏のやうな黒いマントを愛用し
マントはついに飲み代となつて卒業の日をかざつた、

堀　割

都会はこんな日に
規則ただしい堀割をいくすぢも黙く流し
運河べりのビルデングからは汚灰のたぐひが
破れた食器のたぐひが

バケツからぶちまけられてゐる

都会はこんな日に
とほい場末の町落で祭りをやつてゐる
裸やハツピ姿や鉢巻などが
やりきれない風景をくりひろげてゐる

あまりのことに
濠割の水はますます黙く
そのうへをくん製になつた太陽の光がきらめき
経木のたぐひも流れてゐるだらう

やがて化学工業がおこりはじめると
濠割の水は色をかへ
パイプから石垣づたひに黄色のガスが吹き出したりして
あらゆるものの寂しい裏かはを

濠割は流れくだることになる

斯かる日
ぼくはひとつのいきいきとした触手をたずさへて
都会の路をあゆむのだ

凱　歌

あんまり長く
時は空白をあたへすぎた

測量機をすえつけて空には引くともなし引かれた直線
ぼくは且て何をのぞいてゐたか
すべての実在よりもほんの少しさびしくなつた

ぼくのこころをのぞいてゐた
由所あるもののやうに
そこにはすべての歴史から切離されたぼくの空虚な
骨格だけがあつた
なにびとも誠実だけが残されてゐると考へよう
誠実は現在はげしい反抗となり
またやや弱いものを虚無と沈うつにさそひ
ときとして暗い夜の森で女たちと出遇はしめた

何ごとかおこなはれ
しかも何をうみ出すことができたらう
ぼくら
すべてを奪はれたのちも
なほ時は刻々とぼくらをまもるであらうことを
鋤やくわや機械とともに
あの機構のなかに滲透する反抗がなにかを生むことに

転ずるであらうことを

いまは暗い夜のときだ
ひとりひとり若し愛する者があればそれを大切にして
ゆくべきときだ
たれもやがてむかふべき瘴れいのうちで何が行はれるか
知ることができない
そしてぼくらの凱歌はどのやうな星の下でうたはれるか
知り得る者はない

固くひきしめた忍辱は
ぼくらをして決して死なしめないだらう

地の果て

輝安山岩
路がひとすぢ
たれのためなにゆえに其処にあつたか
城塞のくづれた壁がありところどころ銃眼が
きらきらする日のなかに残されてゐた

ぼくはどうして
そんな光景をみたか
過ぎる日も過ぎる日も息苦しく
何かなすべきだと焦慮しながら何もなし得ず
辛い目にたくさん出遇つて
訪ねてゆくひともないときであつた

ビルデングの間の裏路をそつとぬけ
三十間堀の埋立工事の現場をとほつて
地下室のやうな映画館の暗い通路に佇つて
そんな光景を観てゐた
あたかもぼくのやうな(とその時感じた)男たちが
城塁に拠つて　つぎつぎに渇え　死に絶えていつた
きらきらと日は灼熱し
自然は恐ろしい場所をもつてゐるなとぼくは想つてゐた

かかる想念ははたして何をいみしたか
一九四三年　戦乱のさなか
人性の危機と迫りつつあつた現実の危機との暗い二重の構造を
ぼくは渇えた地獄のなかで
耐えてゐた

忍　辱

息づまるやうな苦しい夏がやつてきて
どこかの劇場でとんぼ返りをうつてゐるであらう道化師は
それが一生の仕事であるならば
仕方なしに愉しい仕事としなければならない
そのやうに
ぼくら強迫と兇器のまへに
且てなかつた苦しい忿瞋の夏をむかへたとならば
なほかつそこにおいて
ちひさな愛する者も愛さねばならないとならば
何といふ脳髄のくびきであらう

秋がきても冬がきても

愉しさはぼくらの内にこしらへなければ
永遠に愉しさはぼくらを訪れないとするならば
何といふ暗い夜の国であらう

こんな日
ぼくらは地獄のやうな青春の宿題を解かねばならぬ
且て黒板であつたものが
いまは占有せられた歴史であり
しかもぼくらは何らの利器も有たない

ぼくら
すべてを奪はれたのちも
なほ時は刻々とぼくらを守るであらうことを
暗い夜のなかで
なほなつかしい少女と出遇ふこともあるであらうことを

そうして
寂寥と反抗とにとぎすまされた眼と眼とが
きらきらと凱歌の下で出遇ふであらうことを

定本詩集（Ⅰ、Ⅳ、Ⅴ）　一九六八

一九四九年冬

荒涼と過誤。
とりかへしのつかない道がここに在る
しだいに明らかに視えてくるひとつの
過誤の風景
ぼくは悔悟をやめて
しづかに荒涼の座に堕ちこんでゆく
むかし覚えた
妙なこころ騒ぎもなくなつてゐる
たとへばこのやうに
ひとと訣れすべきものであらうか

一九四五年頃の冬

あたりは餓莩地帯であつた
いまはぼくのほか誰もゐない
ひとびとのくらしがゆたかになつたと
たれが信じよう
それぞれの荒涼の座に
若者たちは堕ちてしまつてゐる

夜。
頭から蒲団をひつ被つて
フリードリツヒ・リスト政治経済学上の遺書を読む
〈我々の弱い視力で見得る限りでは、次の世紀の中頃には二つの巨大国しか存在しないだらう(F・リスト)〉
ぼくはここに
だがひとつの過誤をみつけ出す
諦らめて
ぼくの解き得るちいさな謎にかへらう

一九四九年冬。

深夜。
そつと部屋をぬけだしていつものやうに
父の枕元から煙草を盗み出して
喫する
あいつもこいつも
賑やかな奴はみんな信じられない
どうして
思想は期望や憧憬や牧歌をもつて
また
絶望はみみつちい救済に繫がれて提出されねばならないか

ほんたうにそう考へてゐるのか
だがあいつもこいつもみんなこたへない
いいやあんまり虐めるな

一九四三年ころでさへ
誰もこたへてはくれなかつた
その時から
ぼくもそれからほかの若者たちも
いちやうに暗さを愛してきた

遠くで。
常磐列車の響きがする
ぼくはぼくの時間のなかで
なんべんそれを聴いたらう
なんべんもそれを聴いてきた
軌道の継ぎ目が軋む音なのだと思ふ
寂しいかな
すべての思考はぼくにおいてネガテイヴである
一九四九年冬。

独り。
想ひおこしてゐる
一九四五年冬ころの
ひとつのへいわ。

ぼくの大好きだつた三人の少女たちは
その頃から前後して
いちやうに華やかな装ひをはじめた
ぼくは
たらひ廻しにあつてゐる徒刑囚のやうに
暗かつた
そんなに煙草をお喫みになると
いけませんわと言つていたつけ

道は。
ふたつに折れた

少女いまはふたり嫁し
ひとりは生きることが寂しいといふ
一九四九年冬。

昏い冬

風がくろい街角を吹くとき
恐慌《クリシス》の予告をしてあるく
くらい　くらい　冬
自殺しそこなつたぼくたちの希望よ
まだぼくたちはそれにすがつて
生きてゆく義務をもつてゐる
絶望のほうが
はるかに近くみえるとき

樹木の葉が枯れておちるとき
ぼくたちはいつたいどの方向へ
あるいてゐるのか
銀行はいつもぼくたちのうしろで扉を開き
鉄鋼カルテルはぼくたちの安定を
保証してゐる
けれど
きみも　ぼくも
くろい異端
くらい冬の不帰の客だ

責任がぼくたちに苛酷さをくわへ
ぼくたちは殺意をいだいて
ひとびとのこころをつきぬける
けれどぼくたちの殺すべきものは
ぼくたちの関係のなかにしかない

絶望がぼくたちを凍えさせ
ぼくたちはふたたびめぐることのない
季節をめぐつてゐるような気がする
そのときいつも
陥落がぼくたちに同情をよせ
通貨がぼくたちを嗤つてゐる

ぼくたちは老いぼれないのに
ぼくたちの皮膚はかはくのである

ぼくが罪を忘れないうちに

ぼくはかきとめておかう　世界が

毒をのんで苦もんしてゐる季節に
ぼくが犯した罪のことを　ふつうよりも
すこしやさしく　きみが
ぼくを非難できるやうな　言葉で

ぼくは軒端に巣をつくらうとした
ぼくの小鳥を傷つけた
失愛におののいて　少女の
婚礼の日の約束をすてた
それから　少量の発作がきて
世界はふかい海の底のやうにみえた
おお　そこまでは馬鹿げた
きのふの思ひ出だ

それから　さきが罪だ
ぼくは　ぼくの屈辱を

同胞の屈辱にむすびつけた
ぼくは　ぼくの冷酷なこころに
論理をあたえた　論理は
ひとりでにうちからそとへ
とびたつものだ

無数のぼくの敵よ　ぼくの苛酷な
論理にくみふせられないやうに
きみの富を　きみの
名誉を　きみの狡猾な
子分と　やさしい妻や娘を　そうして
きみの支配する秩序をまもるがいい
きみの春のあひだに
ぼくの春はかき消え
ひよつとすると　植物のやうな
廃疾が　ぼくにとどめを刺すかもしれない

ぼくが罪を忘れないうちに　ぼくの
すべてのたたかいは　をはるかもしれない

抗　訴

世界が昏くなると　ちいさな
坂道からみえる下宿屋の窓にあかりが
ともる　貧しい変質者の
貧しいくらしも　燃えつきる
ことはないのだ
世界にむかつてなされる
くぐもり声の　もどかしい抗訴も
をはることはないのだ
坂道のそばに咲くあじさゐの花

そこから洞窟のやうにおくふかくつながる
露路　わけのわからぬ仕事場から
変質者は窓へ
昇つてゆくだらう　そうしてはじめて
ぽつんと
疲れた　とか
ねむい　とか
抑圧された父系の遺伝にぞくする
言葉を　つぶやくだらう
わたしはねがう
世界ぢゆうがこの夜　かれの
つぶやきに耳をかたむけることを　かれの
破瓜病をいやすために
抑圧をやめることを　かれに
二十円くらいの晩餐をあてがつて恥ぢない
ものたちをつき倒すことを

破滅的な時代へ与へる歌

I

北からの
風が木の葉をちらし　靴音の下
のほうで　つめたい季節がながれる　きみと
ぼくとは　くらい泡の
やうな眼ざしをかはし　そのとき　自由な
枝の高みから　木の葉をふり落してゐる
やうな　二羽の小鳥に
なりたいともおもふ

けれど民衆をえらんだ

ものは　高みへゆけない　過去とか
未来とかいふ言葉に　魂の
惨劇の記憶をむすびつけ　すりきれた靴音
の底で　季節をせきとめる
けつきよく
魂の物語はをはり　ぼくたちは
木の葉のやうに　吹き
とばされるのだ

Ⅱ

離群病者《シゾフレニスト》
とならないために　ぼくは
じぶんの傷口から眼をそむけ　きみは
皮膚の外側で　それを
ふるひおとす　このいぢけた
破滅的な季節　きみと

ぼくとは語りあつてはならぬか
語りあへば
世界は昏くなるばかりか
もう温かい会話はとだへ　なしとげ
られない約束は　民衆の手
にわたされてゐる
ぼくたちは
おどろくべき思想をつぶやきながら　それを
しなかつた男の印象を
のこすかもしれぬ

Ⅲ

季節よ　めぐれ
破滅とは礼にかなつた死を
死にそこないの秩序にあたへる儀式だ
もしきみが　忍耐づよく首を

たれて　葬列についていつたら
やさしい人になれる
もしきみが
死にそこなひに　斧
をふりあげたら
むすうの金切声がおこる

きみよ
ぼくたちが
ねむれば　昏い季節はをはり
世界はもとのままだ

Ⅳ

風のなか
に　北からの風をききわけるとき
ぼくたちは未来へ　死者

よりもふかくめざめてゐる　靴音の下
のほうで　墓標がながされ
ちひさな渦のさきに　木の葉の
やうに吹きよせられる　きみと
ぼくとは
隔てられた世界のなかで
生者の視線を　さがし
もとめる

約束をしやう　ひとりで
ゐたら　ぼくたちは死んでゐる
だらうと　もし
みんなとゐたら
生きてゐるだらうと

少年期

くろい地下道へはいつてゆくように
少年の日の挿話へはいつてゆくと
語りかけるのは
見しらぬ駄菓子屋のおかみであり
三銭の屑せんべいに固着した
記憶である
幼友達は盗みをはたらき
橋のたもとでもの思ひにふけり
びいどろの石あてに賭けた
明日の約束をわすれた
世界は異常な掟てがあり　私刑《リンチ》があり
仲間外れにされたものは風に吹きさらされた

かれらはやがて
団結し　首長をえらび　利権をまもり
近親をいつくしむ
仲間外れにされたものは
そむき　愛と憎しみをおぼえ
魂の惨劇にたえる
みえない関係が
みえはじめたとき
かれらは深く訣別している

不服従こそは少年の日の記憶を解放する
と語りかけるとき
ぼくは掟てにしたがつて追放されるのである

きみの影を救うために

きみはいくつかの　物語の
ない街々をゆききして　ひよいとかわいた
通路の端から　孤独な貌をつきだす
そのとき　きみは窮迫した浮浪人だ
きみがたつている運河べりからは
すてられた少女と
やりきれない近親が
投身する　きみはきみが
まつたくこの世界とくひちがふのを
感じたとき　きみの
影をつき落したのだ

きみは塵芥のやうに　運河の底から　きみの
影を救ひあげる　ちぢみあがつた風
のなか　おどおどとしたビルの仕事場
鉄さびをかぶつたプラタナスの路　きみは
きみがゆくところで
責任のない猿ぐつわをかまされ
遺棄されたにんげんとして自由だ
きみの孤独
なりはひのかげのない所得《サラリィ》
モツブに似た言動　すなはちきみは
死人だ

一匹の魚を皿の真中で
つきくずしてゐるとき　きみは
生者の視線を耐えねばならぬ
きみがゆくところで

恐怖以外の表情できみをみつめる
少女と出遇はねばならぬ

異数の世界へおりてゆく

異数の世界へおりてゆく　かれは名残り
をしげである
のこされた世界の少女と
ささいな生活の秘密をわかちあはなかつたこと
なほ欲望のひとかけらが
ゆたかなパンの香りや　他人の
へりくだつた敬礼
にかはるときの快感をしらなかつたことに

けれど
その世界と世界との袂れは
簡単だつた　くらい魂が焼けただれた
首都の瓦礫のうへで支配者にむかつて
いやいやをし
ぼろぼろな戦災少年が
すばやくかれの財布をかすめとつて逃げた
そのときかれの世界もかすめとられたのである

無関係にうちたてられたビルディングと
ビルディングのあひだ
をあみめのやうにわたる風も　たのしげな
群衆　そのなかのあかるい少女
も　かれの
こころを掻き鳴らすことはできない
生きた肉体　ふりそそぐやうな愛撫

もかれの魂を決定することができない
生きる理由をなくしたとき
生き　死にちかく
死ぬ理由をもとめてえられない
かれのこころは
いちはやく異数の世界へおりていつたが
かれの肉体は　十年
派手な群衆のなかを歩いたのである

秘事にかこまれて胸を
ながれるのはなしとげられないかもしれないゆめ
飢えてうらうちのない情事
消されてゆく愛
かれは紙のうへに書かれるものを耻ぢてのち
未来へ出で立つ

悲歌

きみは一九五三年秋
追われて巷の雑沓のなかにきえた
かれは一九五〇年夏
傷ついて戦列からはなれた

平和のなかのたたかいの死者よ
昨日と今日の澄んだ空のした
黒い帯のようにながれる群集がふと
路にたちどまつて
じぶんといつしよに衰えてきた時と人間を
運命のかたちでおもつたとき
きみたちは其処にいなかつた

すでに昨日の昨日
酷吏ににた冬の風に追いまくられ
あたりにただよう憎悪や疑惑をさむいなあ
とかんじながら
ひとりひとりひき剝されて
眼にみえない街へ
とおざかつていつた

理解はいつも侮蔑の眼ざしににている
無関心はいつもとざされた幸せのようにとおざかる
たとえひとりが薄く架けられた慕情の橋のこちら側で
還らないかもしれない出発を見送つたとしても
きみたちはふりむかなかつた
あの世界の愛は
きみたちを追うにひとしい

ことばもなく　おこないもなく
うずくまつたところで宿泊し
妄想をはらいのけるほどの仕種をして
時は過ぎていつた

きみたちは生きた
いくぶんか墓地ににた蔭の世界で
花のさかない雨のペイヴメントで
ちからのない微笑ににた陽のかげの下で
ふと風にふかれる枯草の夢のなかで
うとまれた記憶のさびしさで
あざむかれた傷口の
ざくろのような裂け目をなでて
きみたちは生きた
どうしたらにんげんを信じられるかを
じぶんに問いながら

はてしない繰言のように迫る
疑惑とむかいあつて
壁よりもふかい孤独の壁
屋根よりもおおう侮蔑の屋根の下で

けれどけれど
平和のなかのたたかいの死者よ
束の間にかわるものは　きみたちの骨を
碑にすることができなかつた
うそざむい文字によつてさえ　きみたちの
名を録することはできなかつた
あざむかれたあとで茫然とみている
群集の平安をくぐり捨て
小さないさかいとくらしの底にしずみ
ひとつの孤独　ひとつの妄想
あやふく耐えられた愛などをくみたてて

時代をここからあそこへ
うつすことに加わらねばならなかつた

日　没

陽は沈む
いや　陽はまだ沈まぬ
ちいさなビルディングと
おおきなビルディングのあいだで
わたしの足が蔭をまたぐ
きようは月曜日
すべての群集を充たしている街で
わたしの街は
そこにない

わたしの街は戦いのなか
炎と炎のきえぬまに
たいせつなゆめとちいさな髪の少女たちをつれて
煙のように崩れおちた
そして男でもない女でもない
蠟のような焼死者が
わたしの運命にむかつて
よびかけた
〈おまえの大事のゆめは去んだ
　はやくこの街を過ぎてゆけ
　煙と火照りがしみとおると
　おまえの眼はつぶれてしまう〉

それから　わたしの運命は
充血した窓から

わたしのこころを探した
廃墟の晨と夕べにむかつてざんげした
〈わたしこそは戦いだ　名残りだ
　大事のゆめを喪つて
　生きながらえた余計者だ〉

そよ風が
ちいさな暗い百合の花を
わたしのざんげに投げ入れた
廃墟の商人がそれを販りはじめた
たいせつな　たいせつな
民話をくみたてるように
わたしの街は蘇えつた
二月の節分に豆が撒かれ
七月の祭礼に笛が鳴つた

そして
わたしの少女たちは
わたしの知らぬ物語のなかで母親になつて
かえつてきた
わたしの知らぬ少女たちの時間と
少女たちの知らぬわたしの時間が
くらい戦いのつづき物語《もの》だ
わたしはそれを読もうとする
わたしはそれを読むまいとする
あの　グッド・オールド・デイズ〈なつかしく
やさしかつた　日々よ〉

陽は沈む
いや　陽はまことに沈む
ちいさいビルディングと
おおきいビルディングのあいだで

わたしのこころが苦痛をまたぐ
きようは月曜日
すべての群集がかえつてしまつた街で
わたしの街は
そこにある

贋アヴアンギヤルド

きみの冷酷は
少年のときの玩具のなかに仕掛けてある
きみは発条《バネ》をこわしてから悪んでいる少年にあたえ
世界を指図する
少年は憤怒にあおざめてきみに反抗する
きみの寂しさはそれに似ている

きみは土足で
少女たちの遊びの輪を蹴ちらしてあるき
ある日　とつぜん一人の少女が好きになる
きみが負つている悔恨はそれに似ている

きみが首長になると世界は暗くなる
きみが喋言ると少年は壁のなかにとじこもり
少女たちは厳粛になる
きみが革命というと
世界は全部玩具になる

首都へ

一陣の昏い夢のように　白けきつた首都へ

はぐらかされるかもしれない希望へ
たどりつこう　奇妙な敵の首をしめ
ちつともいんぎんを通じさせないうちに
闘いきれたらとおもう
われわれに一人の死者さえなく　かえつて
死者となつたほうがよかつた
と思えるほど苦しみを感じながら
勝利をおさめられたらとおもう
鉄さびをかぶつた街路樹に　水撒車が
忘れていつた水を撒いてやり　たくさんの
世界の苦闘が憩うように
少女たちもそこで
たわむれているといい

奇妙な幕間に忘れていた　闘うときに
こころの傷手はつよい武器になり

われわれの敵をずたずたに引裂く　もしも
われわれに疲れきつた恩赦があれば
われわれもまた引裂かれる

首都はいま
半ばふりそそぐ陽だまりのなかにあり
ちよつと
首をつき出せば其処へ出られる
ような気がする　だがわれわれは一陣の
まだ昏い夢なのだ

われわれが闘おうといつたとき
逃亡した戦士よ
われわれは傷つきかれらは生き残つた
怪しくゆがんだ空のさびしい雲が
倒れる間際にみえた

われわれが
黒わくに飾られた戦士なら　逃亡した兵士と
生残つた将軍がいうだろう
――かれらはよく闘つたが死んじまつちやあね――
われわれが
とつくに廃疾の戦士なら
未熟な兵士と居据つた将軍がいうだろう
――魂をなくして街路に亡国の小唄をうたい　わずかに乞食をしている――

おお　敗北の記念すべき時はめぐつてきた
むかしの戦士はいま何処だ　かれらを
査問に呼べ　かれらにわれわれの傷あとを
証させよ
かれらが平和を招待してカクテルを交しているとき
われわれは魂のなかにくろい火砲をひきずつている

われわれは倒さねばならぬ
死んじまつた人間の苦悩と夢とで
半端もののカピタルと漫画のようなトオテムとを
しずかな真昼ま
魚のように愛人同志の眼ざしがとびはね
昨日のようにさりげない今日
魂のなかの砲門をいつせいに
ひらかねばならぬ

恋　唄

九月はしるべのなかつた恋のあとの月
すこし革められた風と街路樹のかたちによつて

こころよ　こころもまた向きを変えねばなるまい

あらゆることは勘定したよりもすこし不遇に
予想したよりもすこし苦しくなる
わたしが恋をしたら
世界は掌にさすようにすべてを打明け
幸せとか不幸とかいう言葉をつかわずに
ただひどく濃密ににじりよつてきた
圧しつぶそうとしながら世界はありつたけ
その醜悪な貌をみせてくれた

おう　わたしは独りでに死のちかくまで行つてしまつた
いつもの街路でゆき遇うのに
きみがまつたく別の世界のように視えたものだ
言葉や眼ざしや非難も
ここまでは届かなかつたものだ

あっちからこっちへ非難を運搬して
きみが口説を販っているあいだ
わたしは何遍も手斧をふりあげて世界を殺そうとしていた
あっちとこっちを闘わせて
きみが客銭を集めているとき
わたしはどうしてもひとりの人間さえ倒しかねていた

惨劇にはきっと被害者と加害者の名前が録されるのに
恋にはきっとちりばめられた祝辞があるのに
つまりわたしはこの世界のからくりがみたいばっかりに
惨劇からはじまってやっと恋におわる
きみに視えない街を歩いてきたのだ
かんがえてもみたまえ
わたしはすこしは非難に鍛えられてきたので
いま世界とたたかうこともできるのである

死の国の世代へ
——闘争開始宣言——

どんな遠くの気配からも暁はやってきた
まだ眼をさまさない人よりもはやく
孤独なあおじろい「未来」にあいさつする
約束ににた瞬間がある

世界はいつもそのようにわたしにやってきたか
よろこびは汚辱のかたちで　悪寒をおぼえ吐きだす澱のように
希望はよれよれの雲　足げにされてはみだした綿のように
けれどわたしのメモワール　わたしのたたかい
それは十年の歳月をたえてやってきた

わたしの同志ににたわたしの憎悪をはげますように
こころが温もったときたたかわねばならぬ
こころが冷えたとき遇いにゆかねばならぬ
十年の廃墟を搾ってたてられたビルディングの街をすてて
まだ戦禍と死者の匂いのただよう死の国のメトロポールへ
暁ごとに雲母のようにひかる硝子戸を拭いている死の国の街へ

戦禍によってひき離され　戦禍によって死ななかったもののうち
わたしがきみたちに知らせる傷口がなにを意味するか
平和のしたでも血がながされ
死者はいまも声なき声をあげて消える
かつてたれからも保護されずに生きてきたきみたちとわたしが
ちがった暁　ちがった空に　約束してはならぬ

佃渡しで

佃渡しで娘がいった
〈水がきれいね　夏に行った海岸のように〉
そんなことはない　みてみな
繋がれた河蒸気のともところに
芥がたまって揺れてるのがみえるだろう
ずっと昔からそうだった
〈これからさきは娘にきこえぬ胸のなかでいう〉
水は黙くてあまり流れない　氷雨の空の下で
おおきな下水道のようにくねっているのは老齢期の河のしるしだ
この河の入りくんだ掘割のあいだに
ひとつの街があり住んでいた
蟹はまだ生きていてとりに行った

沼泥に足をふみこんで泳いだ

佃渡しで娘がいった
〈あの鳥はなに？〉
〈かもめだよ〉
〈ちがうあの黒い方の鳥よ〉
あれは鳶だろう
むかしもいた
流れてくる鼠の死骸や魚の綿腹《わた》を
ついばむためにかもめの仲間で舞っていた
〈これからさきは娘にきこえぬ胸のなかでいう〉
水に囲まれた生活というのは
いつでもちょっとした砦のような感じで
夢のなかで掘割はいつもあらわれる
橋という橋は何のためにあったか？
少年が欄干に手をかけ身をのりだして

悲しみがあれば流すためにあった

〈あれが住吉神社だ
佃祭りをやるところだ
あれが小学校　ちいさいだろう〉
これからさきは娘に云えぬ
昔の街はちいさくみえる
掌のひらの感情と頭脳と生命の線のあいだの窪みにはいって
しまうように
すべての距離がちいさくみえる
すべての思想とおなじように
あの昔遠かった距離がちぢまってみえる
わたしが生きてきた道を
娘の手をとり　いま氷雨にぬれながら
いっさんに通りすぎる

〈沈黙のための言葉〉

一片の雲が空のなかでちぎれる
風のように遠くで眼に視えない傷が裂ける
老いるということを無くすために
われわれは耐えねばならぬ

歳月ではなく
われわれを老いさせるのは関係である
人と人との関係ではなくて　物と物との関係ではなくて
男と女との関係ではなくて
裂けた傷と裂けた傷の関係である
われわれは一瞬　こころを通りすぎる刃の痛みがあれば
それを忘れるために　こころをもっと奥へ沈める

すると傷は空を通りすぎる
そのようにして肥大してゆくものは
われわれのなかの何であるのか
貌を支配する筋肉と神経を
しだいにひとつの動かないものにしてゆくとき
われわれのこころは遠く底のほうへ下るばかりである
老いた農夫の貌は岩石や土に似てくる
老いた行商人の貌は貨幣に似てくる
老いたブルジョワの貌は牛肉に似てくる
老いた政治家の貌は浮浪者に似てくる
老いた学者の貌は書物に似てくる
だがわれわれのこころの貌は何に似てくるのか?
その広いはてしない空間のなかを
誰が果てまでたどりついたか
そして誰がたどりついたことについて沈黙したか

言葉をつかわないために　たれが言葉を所有したか
無数の膨大な波のように　われわれは沈黙をきく
それをきくためにわれわれは生きる
今日も生きる
さけられない運命のように　沈黙の声をきくために
それがこの世界をおおいつくし
やがて〈敵〉と〈味方のような敵〉の言葉をおおいつくし
やがて〈敵〉と〈味方のような敵〉の生活をおおいつくし
ついに倒すために
この世界の空のなかで一片の雲がちぎれる
われわれはそれに触れずに
われわれの傷を解き放すとき
自然と人間のあいだの裂け目に
しずかに眠ることができるが
きっと永遠に死ぬことを赦されないだろう

〈われわれはいま――〉

われわれはいま平穏な日々を生きている
きょう一と月の給料が支払われたということは
すくなくともここ数日の平和である
その先にある日々に小銭がもたらされるということも平和である
父が心臓の発作で臥せたり起きたり
ときに電話口にききなれたアクセントを響かせることも
母が老いて寝こんだり起きたりして
ときにその涙を電話口の声にきかせることも
孤独な娘が背たけを毎夜すこしずつふやしてゆくことも
時が流れるようにしずかに平和である

すぎた日の恋唄が
鋭い口をきらりとみせながら

冬の果実のように実のってゆくことも平和である

ところでわたしのこころよ
あるかないかの白い毛髪を
一本一本と道標にたてて
歳ごとに重さをくわえてゆく頭蓋のなかで
それは内蔵されているか？
もうすこし下の心臓のどっくという轟きのなかに
秘されているか？

またそれは
ひとつの事件の記憶のなかに
ゆきつもどりつして去りがてにしている思想のなかに
白い花を投げ入れるほどの
余裕をもっているか

われわれはいま深い井戸の底にいるようである
わたしのこころはそのなかで一段と無口のようである
〈きみ Beispiele 1 は Epoxid harz のことかな〉
〈ああそうです〉
これが日々の職業だ
ああそうだ
すべての生活というものは無言を包括するために
拡大してゆく容器をもっている
彼女がわたしにたのんだ
京菜の漬物とさと芋と人参と豚肉を買うことを
そこでわたしが出掛けた
ひとつの冒険へだ

わたしの手のなかにはすぐ空になるほどの小銭と
ヴィニールのふろしきがあるだけだ
けれどいつの日かとおなじように今日

わたしあるいはわたしの骨になった幻は
そのようにさりげなく深い拠点から
出発する

この執着はなぜ

〈この執着は真昼間なぜ身すぎ世すぎをはなれないか？
そしてすべての思想は夕刻とおくとおく飛翔してしまうか？
わたしは仕事をおえてかえり
それからひとつの世界にはいるまでに
日ごと千里も魂を遊行させなければならない〉
きみの嘆きはありふれたことだ
一片のパンから一片の感覚の色彩までに

すべてのものは千里も魂を走らせる
それは不思議でない
つみあげられた石が
きみの背丈よりも遥かに高かったとしたら
きみはどういう姿勢でその上に石を積むか
だからそれは不思議ではない
不思議はからみあった色彩として
きみが時間と空間を生活することだ
あるばあいそれは遥かの街の烟のように遠く
あるばあいきみが世界を紡いでいるように近いことだ

あらゆる複雑さ　不思議さ　不可解さの中心に
きみがじぶんを見つけだすということは
きみの魂を遊行させる
きみはそのとき幻の主体となり
馳せてゆく馬になり

穴居へもどってゆく蟻になり
わずか一羽の小鳥がとびたっただけで
驚く樹木の雫となり
また陳列された博物館の古銭となる

きみはいま
〈友よ　一九四〇年代には　われわれは透明な球のように
また泥地に寄生している蔦のように
暗くそして明るかった
そしてわれわれにとって戦争とは偉大な卑小であり
傷が弾丸となってわれわれを貫くために
ひとびとが平和と名づけた幾歳月が必要であった〉
と呼びかける者をもっていない

きみは渦巻のような夢が
うちくだかれる音を

佇ちつくして聴いている
ひとつのにぎやかな古戦場の市街にいる

告知する歌

I

今日あたたかい真綿の雲にくるまれた
幻の都市をみた
その眠りの深さが胴体にあり
その醒めた危機が頭骸にあり
その喧騒が怠惰な四肢にあった
もうおおくのものは憤怒にちぎれたまま
黄昏の街路の傍に落ちる視えない風になっていた
市民に出あうことも

学者に出あうことも
政治家に出あうことも
ただ薬莢のない銃眼にうつる憎悪の標的であった
かれらを射殺するために
自動車の往還する鋪装路をあるいて
とおいとおい無為とビジネスからこぼれおちる
穀倉を占拠しなければならなかった
重たい口唇からかすれた声がもれても
ここからは世界の底はあまりに遥かだった
いじけた虚構の村は緑で
遊ぶ無心の子供たちと
もみがらを掌の上で吹いている老婆とは
失われた涙のなかに乾いている夢であった
どうすればこの都市から
黙示のように深く伝道のようにはげしく
空しさはたたかいとなるか

不機嫌な思想から
虚空が落ちてくるか
今日数々のひとびとが幻の都市をみた
やっと雑沓をゆく群衆の内側に触れようとして
優しさを交ぜた声で
あなたたちはやがて富むことによって亡びねばならぬ
未来をもっていると告げるために
未来はいままで一度もこの世界をおとずれたことはない
その時間を下水道にしずめるために
そうだ未来はいちどもなかった
その時間の通りかたではだめだと告げるために
どこか虚空にただよう都市
そら色の樹木におおわれた村々
約束よりもすこしはやく訪れてくる
約束をむすぶために
鳥たちと結婚するために

魚の泪に濡れたコートをビルディングにかけるために
今日瞋りにえぐりとられた高速道路を
都市はもっていた
そのなかに視えない風になった戦士をもっていた

Ⅱ

(空に血がまじると眼の底に虹がかかる
石段から登ると樹木が逆さに茂っている
この小さな区劃にどれほどの骨が埋められていても
記念すべきたたかいは
空に骨を埋めている

生まれたときから死にたえるまでに
たくさんの蟻をつかまえて樹木に登らせるほどのことを
おわりまで見とどけずにするということは
すべてのうちでいちばん価値あることだ

この街ではすべてのひとが視る暇もないうちに
すべてのことが過ぎてゆく

墓地には函がこしらえてあり
かつて暇がなくて地上も街々も
そのうえにかかる冷たく訣れてゆく空も視ずに
ただ生活してきたひとびとが
生活をやめて蓋を閉されている

空には血が残り
右手が握りしめてなぐるように拭くと
さっと引き裂かれる雲となる

これがすべてのはじまりだ
生活が墓石のしたの函におわるとき
それを見とどけるわずかな休暇をもったあと

ほんのすこしわだかまるこころを
死者にたいしてもったあと
空に刷かれる落日の反射を
ほんの一瞬みたあと
じつは幼い娘に冬の昆虫の穴居をおしえたあと
おそらくわれわれの誰もが
貨幣のもっとおくにある物神の所有について
重たい心をもってかえってゆく
この心を告げるべきひとびとが死んだかもしれないことを知りながら
われわれは空に
幻のような戦跡を刻むことをかんがえる
ひとびとの気づかぬうちにひとびとのこころに
たしかに入りこむ夢をおくために)

Ⅲ

(見なれないひとつの街とこの街をおもうとき

空と夕陽が高台から拡がっているのに
それが視えないで地面を視てあるいているとき
時間の流れがわからずに
いつの間にか盛り場の真ん中をとおりすぎているとき

こころよ
いま余裕をうしなっているとおもうな
生活よ
これは一時的な苦境だとかんがえるな
この世界と激突するために
ほんの少し異った空間と
ほんの少し異った律動の時間を
凝固するように歩いている
それはわたしの影であるとおもうな
するとわたしは退行したただ独りで解放されてしまうから
それは汗にまみれ

カラーの汚れた
浴場の温水を永続的にわすれた皮膚をもった
ひとりの由緒のない労働者のすがただ
とおもうな
そうするとわたしは独身者の思想に似てくるから
絶えずささいなテープによって
港から旅行するひとびとを見送っている
岸壁に佇った留守番のように
わたしひとりでは何処へもゆけない
ひとりの多角的な夢想だとおもうな

〈明日が確かな足どりでやってくれば
　この街は住みなれた街になり
　つと石段のうえに佇ちどまって
　空と夕陽を視あげることができる〉
ふと通りすぎるこの救済の思想に狎れるな

いつも今日とおなじ形でおなじ異空間のなかで
出遇ったひとに呼びかけられると
ほんの一瞬おくれてこわばった貌の筋肉をときほぐし
しずかに微笑をかえす
こころよ
生涯はこの一瞬のおくれのなかにある)

Ⅳ

われわれはその名をよべばかならず傷つく
その土地の奥深くには奇怪な儀式がある
もし風景が解放しなかったら魂を穴居させ
たれも出口をみつけることができない
アスファルトの鋪装路と潜函の深く埋められたビルディングのあいだでは
あらゆるアメリカとあらゆるヨーロッパが
アメリカよりもヨーロッパよりも沢山ある
ひろい浅い集塵器の底に

たまった芥粉のようにわれわれは異色を失う
われわれは叫ぶ
魂について信仰するな　言葉について信仰せよ
出来事について判断するな　概念について判断せよ
昔　キリシタン衆が聖書を土人の儀式にかえ
実行を神憑りによって動かしたように
そうするのが嫌だったらこうするほかはない
とわれわれは誰にむかっていう？
たれも聴き手がないので
仕方なしに群衆にむかって叫んでいるようだが
ほんとうはわれわれの空洞にむかってつぶやいているにすぎない

ひとりの拒絶症患者《ネガチヴイズム》が応えた
〈嫌だ嫌だインテリゲンチャよ
　顔をそむけずにきみと街で出遇うことは
　腸管の奥をのぞくように管々しい弁明に出遇うことだ

嫌だ嫌だ群衆よ
奇怪な発端から這いだして
いまは衣に擬制を着こんでいる
一杯の酒を愉しむためにどうして
コーヒー・ショップまでつき合わなければならないか
一片の知識を販るためになぜ一度は下水道の内側を
想い出すのか
嫌だ嫌だ学者よ
きみの研究と出遇うためにどんなに
生きた蝮の袋をすてねばならないか
嫌だ嫌だ政治家よ
きみの貌をみることは世界でもっとも卑小をみることだ
きみを一掃するためにすべてを支払ってもいいほどだ
きみの思想をみることは
どぶ泥をかきまわすことだ
嫌だ嫌だ芸術家よ

屑のなかから屑をとりだしてもきみよりは
たかく販れる
嫌だ嫌だ皇帝とその一族
スポーツを観るためにどうしてきみの貌をみなければならないか
その様式化は帽子の振りかたと手の振りかたのなかにある

影だ　いっさいは影だ
何ものかの何かとしての影だ
いちばん動けばいいものがいちばん動かない
いちばん動かなければいいものがいちばん動く
昨日の夢から復讐されているわれわれの姿は
皇帝の帽子と手の振りかた
それをブラウン管の額縁にはめたがる趣味を
有難がる群衆に慄然とするわれわれの生活
のなかの孤立と知識の擬連帯のきしみのなかに
もうそれは不快なさびしさ　どうすることもできない

否定として存在する

今日の瞬間が愉しくてならない株式会社のデスク
奇妙に安定した月給取《サラリーマン》のすがたから
不思議な侘しさが発散する
その匂いはかつて文献のなかでしか出あわなかった匂いだ
嫌だ嫌だ
口をひらくのがいやだ　同席がいやだ
明日が愉しくてならないような文化の村落
てれもせず語られる革命のプラン
匂ってくるのは否定を肯定におきかえたとき
きみが口に出したはずの羞恥のつぶやきだ
嫌だ嫌だ
きみと同類とみなされることの貧弱な認識が
いま活字となってひとびとの頭脳を訪問しつづけているという想像〉

女優がとおくで云った
〈お時間のあい間には文芸物を読みます〉
歌手がヴィデオテープのなかで唱った〈愛と死をみつめて〉
アナウンサーがある早朝に喋った
〈七・五・三は母親の虚栄心からでた猿芝居だ〉
文芸なんて知らない
愛も死も知らない
祭りも母親も知らない
者たちがそういった

なぜたれのために一篇の詩をかくか
われわれは拒絶されるためにかく
この世界を三界にわたって否認するために
不生女の胎内から石ころのような思想をとりだすために
もしも手品がひつようならば
言葉を種にしてもっと強くふかく虚構するために

読まれる恥かしさから
逃れるために

われわれは一九六〇年代の黄昏に佇ってこう告知する
〈いまや一切が終ったからほんとうにはじまる
いまやほんとうにはじまるから一切が終った
見事に思想の死が思想によって語られるとき
われわれはただ
拒絶がしずかな思想の着地であることを思う
友よ　われわれはビルディングのなかで土葬されてゆく
群衆の魂について関心をもち
ナイフとフォークでレストランのテーブルで演ぜられる
最後の洗練された魂の聖職者の晩餐について考察する
かれらの貌には紫色のさびしい翳がある〉

新詩集以後

〈農夫ミラーが云った〉

一九四七年初夏に農夫ミラーが云っている
〈アメリカの耕作地帯には害虫が一匹も
いなくなった　空は青くひきしまり
空気はまるで鋼だ　われわれは
いま真空のなかでキビ畑の上に立っている〉
また　つぎの年の秋　ハリケーンの去ったあとの日記に記している
〈われわれは知らなかった　まだ
自然には眼をつくる力があることを
少しづつではあるがわれわれは復讐されている
われわれは富よりも先に
自然と直かに取引したい　だが
われわれはそれに必要な銀行をもっていない

われわれは眼にみえない手形をふりそこなったのだ〉
農夫ミラーよ
きみに告げることがある
もし手帳があるなら　つぎに云うことを
ひかえておきたまえ
〈トウキョウのある墓地で
カタツムリを探しにいった子供が発見した
雨の後なのにカタツムリは一匹もいないことを
アメリカ製のコカ・コーラの空罐に
口紅のあとがあった
コーン・フレークは喰べのこされて捨てられていた
敬虔な石仏が僧侶によっておし倒されていた
あるひとつの墓石には　ただ
「眠」と刻まれていた
「眠」の下に這入らねばならないのは
誰か？

トウキョウの子供は採集メモにそう記している〉
眼にみえない菌カビに喘ぎながら
ひとりの女がつぶやいた
〈農夫ミラーよ　わたしの男を　菌カビの幹を
噴霧せよ　ただそっとおしえておくが
かれはトウキョウ・インスティテュート・オブ・テクノロジーの出身だ
除草剤が匙加減で成長促進剤
になることをよく知っている
量を厳密に！
あくまでも厳密に！
農夫ミラーよ　あなたにできるか
　わたしの死ぬ前に〉
せばまった身体と
心の継ぎ目のあいだに女の呼吸を追いこんだ
罪だらけの男がいった
〈この汚れた空気には心がある

だが樹木をわたる清浄な風に心はない
農夫ミラーよ
自然がそのまま善だという伝承は嘘だ
わたしの女が喘いでいる　たぶん
自然の不在からではなく　愛の不在のために
存在が役立たないとおもわせたら
すべての“She”は死ぬ
失意にも　失愛にも
心の分配をスムースに！
その量を厳密に！
あくまでも厳密に！〉
農夫ミラーははげしいなぐり書きで
ひきちぎったノートのきれ端にメモした
〈わたしには判らない
鳥獣をアリゾナの原野で傷めたことが
どうしてトウキョウの墓地に伝染するのか

墓石はなぜ“Sleep”のあとに“that knows no breaking”と刻まれないか　一切は不明だ〉
またの日　農夫ミラーは云っている
〈一切は　すべての起源において不明だ
そして一切はその終末の種子から
緑色に萌えだしている　いまは
夏のはじめか　それとも冬の終りか？〉

帰ってこない夏

あの夏は帰ったか？
日のまばゆさのなかに
焦慮よりももっと焦げた

ある瞬時の光熱のなかに
さいはてという言葉が必要なほど
白く遠い空の果てに

そうすることがよかったのかどうか
悔いの真似事によって
あの空のしたの出遇いは帰ってきたか？
焦げるような艶かしさに
もしも「慕」という名を与えるとしたら
どこへ帰ったらよいのか？
行ったまま帰ることができない
そんなものにみんな名前をつけるとして
それは生きること自体に似ていた
まるで時間の壁にぶつかるような

ゆくところまでは行ったか？

佇ちつくすじぶんにむかって問う
これからさきは破壊がなければ
どうすることができる?
などと弁解することなかれ
きみがうみだしたのは息を喘えがしているひとつの過敏な神経
と　不信とだけ
きみがもたらしたのはきみの心の軟禁だけ
立ちのぼる明日はない
どこへゆく風信線も絶ち切れて
きみがもたらしたのは監視する視線だけ
みじめな心になってしまった病者の眼の光だけ

燃えでた緑にはどこか災厄があったと
七四年版『理科年表』は　とある頁の一隅に記すだろう
凍える長雨と蒸気の暑さとが
きみの額の冷たい汗に映った

きみは生涯を賭けたか？
きみは反省の趣味を拒絶できたか？
きみは友の冷たんを無視したか？
きみは病者の首を締めるほど残忍たりえたか？
つちかった背徳をすべて呑みほして
どんなおつりがあったか？

演じられた劇のなかできみはいう
〈もはや戻る道はと絶えたが
　ゆく道もと絶えた
　おれにできたことといえば
すべての風信をせばめたあげく
ついにもっとも惨たんたる
　不可能に帰ったこと〉
興行せよ　二幕目を

きみには無限の貸しがある
せめたてる死の債鬼があっても
きみはもう肝じんのヒロインを呼びもどせない？

〈この時代からは〉

夏にしたことは秋であった
秋にしたことは冬であった
冬には春のことができるか？
この位置には方位がない　行けと心にだけ云え
霧が烟る　都市のなかの影絵のひとつ
ひとりで出て街路の信号機となるため
あるいは鈴懸のくろい枝と葉となるため
あるいは透明なビルの窓ガラスとなるため

寂かに消失することは
できることであるか？

霧はいま冷たい枠をしつらえて
もうそれよりさきにあるものを
すべて隠してしまった
だからといって坐るベンチも
みはるかすベランダも
きみの家には存在しない
ビルの屋上にも鉄塔のうえにも
灰色の空がつづいている
きみにはもう家そのものが無い
哀れな心というものは
視えないところに隠れていて
ふいに問いかけるものだ
へもう終ったか

もう終ったの？
孤独と孤独とは
背中だけがぴたりとするのよ
向きあうときは
もう終ったか
もう終ったの？〉
もし涙があふれでないとしたら
まだ問いかける
〈たれがそうしたか
そうしてしまったの？
見えない霧は氷雨にかわり　もっと
深い霧にかわる
時間が霧になったか
霧になったの？〉
わからぬ
霧の奥にきみはひっそりと背をみせて消える

瞋っているのかどうか
この時代からは視えない

時間の博物館で

坑道をほりすすむと
〈眼〉が出てきた
海の底をのぞくと
〈泪〉がにじんできた
心をほりすすむと
仏首に出あった
善に飽いたら
煉獄に近くなった

心をほりつづけた
坑道は巨きな不幸の形であった
暗くなるばかりだ
愁い貌の小人の仏像から
眼をはなしたら
博物館のなかは坑道であった
うつむいて熱心にほった
ここは遠い時間の迷路だ
おぼつかない心のさきに
ちいさな燈明がともっている
〈この道をゆきなされい〉
心のさきにまた坑道があり
けっきょくのところ死にゆきつく

もっとほりすすむ
仏像は屍体のように

脇にうもれている
もう観ないでとおり抜けよう
僧侶の木像はみんな
明日からひとを騙す貌をしている
何ならばわたしに騙す智慧を
心は罪のように追われている
何ならばわたしに出口を
高い空が秋から落ちた
つまり　一枚の枯葉にのせられた空が
どこからか手品のように
時間が木洩れ日のように揺れて
ふり落されたのだ
たゆたいながら　一枚一枚
空はふりそそいでいる
そうと知って
さし出された空にあわてて

蓋をしたのでなかったか
あったか
記憶がたしかでない辺り
できるかぎりゆっくりと
ある種の喪失をつくってみせた
のではなかったか
あったか
嬉しく生きている素振りが恥しいために
いまならば優しくなれる
そんな時をうしなってきた
悔恨とは　そんな落葉がつみかさなって
とある秋とみられる季節に
高い空にのぼっていった
あれらの反響をさしているのでないか
あったか
おわりに〈取あえず〉としたいのか

〈敬具〉としたいのか
わからないような言葉で
もう出てしまった博物館の壁に
時間の境目が
灰白色の影に覆われていた
たぶん　どんな足跡も
のこらないだろう

時間の廃坑からの報告には
坑道にはいったものたちは　みんな
ふたたび出てこなかったと記されよう

漂う

漂うということは
古銭の形をした孔から
抜けてゆく風のようだ

ある日
十七番ホームから出発した列車は
どこへゆくか
きまって海へゆくのだ
線路はある街で停まったが
すべての乗客は海へ
堕ちたかった
所用のために街へ降りる

哀しい人たち
街に恋が待っているとしても
やはり哀しい形をした
所用ではないか

海は深く青い
遠く浮きあがった存在だ
造船術の古書では
舟は波の倍数でなければならぬ
きみは対象の倍数でなければならぬ
胸と胸とが出遇うために

どこへゆきましょう
そうだどこへ
ゆきましょう
すべての人はどこへゆきましょう?

漂うもののポケットには
苦い煙草がはいっている
指と指のあいだに挟まれて
ほそいけむりになった
歌手の肖像画を買いに
駈けていった
子供たちの漂うなかに
きみの娘がいたか？

新詩集以後

太陽と死とは

「太陽と死とは、じっとして見てはいられない。」
と『箴言』のなかでラ・ロシュフコオは云っている
註をつけると「ラ・ロシュフコオは云っている」
という書き方は旧い時代の文士か　または
つまらぬ知識が詩になる
とおもっている詩人のすることだ
だいいちラ・ロシュフコオの方が「じっとして見ていられない」「死」の
　墓の下で
〈気易く呼んでくれるな　おれを判りもしないで〉
と悲しい叫びをあげるにちがいない
そうだ　だれだって詩人でなくても
〈おれを判りもしないで〉

と叫ぶ権利をもっている
きみの隣りのおじさんだって
きみがきみ自身にだって

註をつづける
「彼は同時代の枢機官ド・レスから、
『なんとも得体の分らない物の持主』
という烙印を押されてしまったほど、自分を
洗いざらい人に見せる
ことのできない人だった。
「フランス人に似げなく、笑うことなどは、三四年のうちに、
三度か四度あるか
ないくらいな人だった。
「シュヴルーズ夫人とか、ロングヴィル夫人とかいう
奸智ぐるめな美貌の女性に恋を
裏ぎられて、彼はまず

精神上の敗北者となった。
「敢然内乱の渦中に投じた彼は、巴里城外サン・タントワヌに戦って、顔のまっ只中に銃弾を受け、一時、失明の悲運さえもまねいた。あまりにも筋書どおりの悲運ではあるが、それはもはや、『仮装』でも夢でもない。精神の敗北者はそうしてついに、肉体の敗北者となり終ったのである。

と訳者内藤濯は一九五八年秋の
改版の解説で書いている
註をつける
恋を裏切られると　だれだって
じぶんに冷たくなれる
肉体が傷つけられると　だれだって

他者に冷たくなれる　だれだって
視えない言葉　きこえない
眼で『箴言』を書きつづけている
裏切った夫人たちの方でも　傷つけた
銃弾の方でも書いている
きみの隣りのおじさんだって
きみがきみ自身にだって

註をつづける　じつは
「太陽」を「じっとして見て」いられる
という古来のサンカの風習と「死」を
「じっとして見て」いられる
という中世の思想家
について優しい挿話を語りたかった　もしも
明日のいまごろ　やわらかい
木の芽の風がのこっていたら　きみも

また語ることができる理路のなか
で註をつけると　これはあくまで
詩ではない　語る
と云いながら語らない知識が詩になる
とおもっているのは　つまらない
詩人だけだ

秋の暗喩

言葉が落ちてくる
秋
数行の枯葉と一枚の言葉が貼りついている
空

見かけよりはやく疾走して
忘れてきたとおもっている
過去

ほんとうはきみは恐かった
どうしても告白できない夢を
みんなもっていた
電車の箱で出会った隣人の貌は
視えない過去につかまれていた
早熟の天使は早老の酔っぱらい
きみのアルトゥル・ランボオも
地下鉄のあしたのジョオも
詩人としてはおなじ箱だ

つまらない
人生はたたかいだという伝説

時代はたたかいだという香具師の群れ
戦車が大量に必要だ
と主張した小父さんがドブに墜ちた
米国製トライスター
ジャンボ戦闘機
核弾頭ミサイルで遊んでいる
兄さんは昨日まで受験勉強中だった
ソ連と中共がおもての
涙河をはさんで演歌を
弾奏している
〈北極のクマ
湖南のリュウ〉
老ぼれ学者の幼稚な頭からでた
ごりごりの協会派と
芸能人の口からでた
猫なで声の反協会派とが

小さなスターリン精神病院の中庭で
まだ水遊びしている

さびしかった僕の庭に
すこしにぎやかな祭りがかかる
靄もかかる　死もかかる

よい比喩のなかで人は死ぬことができる
暗喩によって死んだ男がいる
かれは暗喩によって三日後に蘇った
と記されていた
この夏かれを探しに
富士山麓　御殿場インターチェンジにいった
ひとは墓場からでなく
言葉のなかから蘇る
緑の麓は　緑の暗喩

夏の終りに言葉が死んだ
葬式がすんだ
秋
僕は懸命にかれを追った
言葉のなかにも　いなかった
伝承のなかにも　いなかった
人間のなかにも　いなかった
苦しい微かな暗喩に
たった一瞬に映しだされた
近親たちに裏切られ
同志たちに背かれ　とうとう
じぶんじしんに見棄てられた
「エロイ、エロイ、ラマ、サバクタニ」
という物語のなかに　ひとつの暗喩になって
復活していた

その話は受けなかった
その話は終らなかった
僕の暗喩は
どうして信じられるのか
僕にわからない僕の話が
どうしてひとにわかるか
ひとつの暗喩が成立つためには
言葉と言葉のあいだに
事実よりももっとたしかな
幻想がなければならぬ
殺意がなければならぬ
戦争をなつかしむ詩人を
軍歌とインディヴィジュアリズムが一緒に
出てくる口唇愛を
国家と海のロマンが
蘇える思考の姦通を

扼殺せよ

嘘はどうしてでき上るか
小さな懐古にふと耳をとめる
痛みに閉じこめられたベッドより
看護婦が綺麗だったことを語りたがる
入院患者のように
溺れかけて呑んだ潮の苦しさより
イルカのように泳いだと誇りたい
幼年の夢のように
向う側でとび散った肉片の蒼白さより
撃鉄が重かったと語る
詩人の戦争のように
秤が傾いたとき
心の秤が傾いたとき
かりに秋と名づけた

その世界で
あなた方はみな
云うべからざることを云っているのだ

心せよ　あなた方自体に
遠離かるとき足の塵をはらえ
よれよれの世界へ逃げてゆく
秋
追いすがるものの足の裏に　小さな
魚の印がある
秋

鳥をめぐる挿話

そんな断片はいくつも
心をすぎていったさ
青空よりも蒼い詩
夕焼よりも赤いハンカチーフに包んだ失意
出ていった門にのこされた約束のかかとに
踏みつけられた日常
だがきみはきみを救わなかった
救えなかったのでない　救わなかった
死ねなかったのでない　死ななかった
終れなかったのでない　終らさなかった
意味はいつも昨日で中断される
今日はいまも
永遠に駈けつづけている
きみに今日があるためには
今日がきみでなければならぬ

たたかえ！
旗を振れ！
殺せ！
最新の言語学ではこれは命令形ではなく
ジャックの豆の木のように空に消えてゆく
蔓の已然形だ
〈たたかえば〉
〈旗を振れば〉
〈殺せば〉

今日　鳥よりもはやく堕ちてくるものがあった
平つくばった時代の空を
渚のチンドンが行列してゆく
しっかりと投げられた綱に
捉まったとたんにきみは堕ちる
「どう思ひます？　鉋を使って

挽かうとする者を？　鋸をとりあげて
削らうとする者を？」
今日　鳥よりも完全に唱うものはいなかった
鳥を超えなければならぬ
唱うためには
乳首を空に捨てなければならぬ

感情の角をまがる
きみはふたたび視えないひとと会い
語らない言葉で語る
いつも出発しないならば永久に出発しないことだ
家にむかって出発するひとと　家から
出発するひととが出会う　虹のかかと
言葉の傘
水のような街角
頭脳はヨーロッパに　感覚はアメリカに

斑らな交通標識がたっている
過疎になった故郷の村に
見知らぬ清楚な花がさいたか
曙の鹿の音にあわせて
露草を大鎌がなぎたおしたか
乙女らに離婚の夢があふれ
子供たちは不老の薬草を採りにいったか
つぎはぎだらけのコンミューンは孤立した　きみは
田ぼの畔をはさんで農協と
農耕機の導入についていい争っている
〈サナエだべさ〉
〈耕二　耕太だべさ〉
〈ようするに戦闘機技師の血糊のついた設計だべさ〉
〈身すぎ世すぎのひと巡り〉
〈戦後はおわった〉
〈あふるるものは涙かな〉

今日　きみが受けとめているのは　堕ちてきた
鳥の死骸ではない
いろいろな点で鳥はまだ空の鳥だ
おぼつかなくつるみあった言葉が
時代をつくっている
愛する鷺の姿勢から堕ちてきたのは
新築のビルであった　午後
きみは京橋フィルムセンターの映写室に
昭和十年代と遇いにいった
暗い口紅の字幕に　雨の貌が
ひっかき傷のように降っている

小虫譜

ぼくは死なない
死ねば一緒に死ぬものがあるかぎり
たとえば庭の石ころのしたに
いるハサミムシ　驟雨が過ぎてなかなか引かない
泥水のなか溺れそうに泳いで渡る
霧のドーヴァ海峡
乱流のなかの敷石の涯へ

たとえば
サンゴ樹の葉のうらのキリモトラ・アブラムシ
一緒にどんなに来る日も
来る日も亡命を準備したろう

闇のダマスカスへ　あの雫の吹きよせない
酷暑の檐の裏へ

たとえば
ミカン箱の方形の第4収容所
すこしモダンなプラスチック製の軍刑ム所
終身収容されたウラボシ科ヘビノネゴザ
すれちがいざま来る夏もつぎの夏も
脱走についていて暗号をかわしてきた
水ぬるむ森林の大スンダ諸島
坂のしたの列島へ

そこに何があり
ぼくらは何をしてきたか
高尚と壮大の神学を排して　できるだけ
小さな存在と組みたかった

大気に発電する太陽に反抗して　その熱線の
とどかないさき
蟻の未来のような虫の政府を
建設したかった

この企図には悲しみが容れられた？

朝顔の蔓のさきから光る繊毛に
映ったのは露のような虫たちと
虫たちとの訣れか　邂逅か
ゆきたくなければゆくことはないと
囁いている羽虫の母
どうせどこへ逃げていっても世界が牢獄だ
ということは　この社会では決定されている
と散乱と同型の理論で説明する蜘蛛の小さな息子

これはちょっとしたいい風景？
〈絶対的真理の大僧都〉がいないので
世界の外にでて抽象的な反抗と
抽象的な理論にふけっているという声がきこえない
風に揺れる木の葉の音
樋の問う瀑布へ

世界の外にはじつに
世界があった
虹の油煮とふりそそぐ緑の蛋白質を食べて
まだ明日のさきに　動く密林のような
明日があるさ
虫の論理にある巨きな拒絶
咲く音楽の日の革命

抽象的な街で

べつべつの空間にいる海ツバメと梅雨とは
たがいに触れあわずに
屋上にのぼっていった　風の不始末のように

いちばんあつかいにくい善意を
販りにきた
聖書の娘マリアと
いちばんあつかいにくい悪意を
もってきた
税吏エペソとが
ちょっとした魂の換算が必要なために
橅の林の通り道ですれちがう

夕闇とこおろぎにかこまれた
不幸な旅よ
無意識の青いみずうみ
失望が刻んでおいた奇妙な鏡に
鬼あざみとつめ草と幼時の声が
反射している

ちいさな天敵にかこまれて
いちばんいま関心をもっている事柄は
ときかれてちいさな虫たちがこたえた
心を動かさないで時間の闇に収縮してゆくように
鳴くことだ
それをおぼえるのに肉体のような
官能的な草原を駈けぬけたい

疲労ははじめのうち回復ができる
きのうの日附けのしたにちょっとした
午睡の時間を記載することだから
重畳される疲労は
記載する明日の欄外に
書き込むよりほかない
やがて
日附けの外に
記載される
こおろぎの死と呼ばれようとして

田舎の駅の草むらでいつまでも待っていた
十七歳の日に思い立った旅で
列車はまだ内面から出発するとおもっていた
永久に故里へ着けない
美麗な風景である極貧の島へ　亡父よ　こおろぎよ

海に面した墓地に別れを告げてください
あそこでならば　永遠に
眠ることができたとおもいます
時間は　不断に停ったまま
太陽と凪ぎのなかにあったのですから
もうそのことはおわりました
いったい何がおわったのだろう?
あなたは何におくれたというのだ
最初の出発の時がやってきて
あなたは腕の振り方をみる
栗の木の上の空に

ある抽象的な街を
影が足元まできて
とまったながい夕陽の街として想起している
虫たちの還俗する眷族よ

海に流した自伝

詩

いつも海に流した自伝
静脈に運ぶ河
筋肉に鎮めの村
農具はとっておきの潮に詰めて送った　魚よ
空の灯火は
死んだ罪の星だ

収穫を量るのにつかった風の網目
墓には恩赦を拒んだ流浪の魚を埋めよ

詩
いつも海に流した自伝
潮のなかで感じた生きることの辛さ
泡のように死んだふりをしながら
越えていった海峡

あるさざ波のおりてきた日

「真実は地獄のようだ」
革命は革命が欲しいのに
人々が欲しかったのは新しい偶像であったという
不朽の芝居の筋書き
上演禁止が解けた日から
人間という概念は消えた

「——と、ついに、波のあいだに駅馬が立つ。

たくさんの港は、過ぎ去る。」

音もなく竹の叢林が
空のなかでざわめいている
揺れている影のような緑の塊り
無数の忘却のように 魚よ
誘われていった
秘密の渚
視えない舟べり

頁《ページ》が海辺のように薫る言葉のなかへ
流しこまれていった縁者の死
一日休んだことで非難された娘たち
学校が音楽の心室で
いま閉じようとしている水門

まじめに暮している魚たち
手堅い現在をへだてた暗い過去のように
鱗を透してみえるありもしない未来
長い憂鬱な水槽の旅はありうるか
吹き寄せられた
眼にみえない岸辺を視ようとして
無限に泳いで　つながって
滑ってゆく魚藍坂

こぼれおちる長い砂
まだやってこない語の発見のあいだに
朝の水辺で拭くかかと
ほんとうはもうながいあいだ
海は草の匂い
魚にはなぜさまざまな形があるのだろう
潮のさまざまな愛撫の形をよけてきたからだ

海よ　おれたちはいつまで泳ぎつづけるのか
魚よ　始めから終りまでだ

魚の木

河床から水がもれる　ある不思議な晨
孔を塞ぐため鋳掛け屋が呼ばれる
終日たがねの音がして
錫の鋲が打たれた魚たちの腹部
水が闇になる　水から

水のなかに
投身した魚の音
雫が草むらを伝わって落ちてゆく

魚は泳ぎはじめる　もれた水を潜って
河原まで出てゆく管の旅

わたしが塞いでいるわたしの河
継ぎのあたった　それでいて
どうにもできない水の布につつまれ
わたしの掌で　干されたまま
魚が苦しむ
木になったあなたとわたしのあいだ　いつも
片側をとおっていった水の老師

魚につめこまれた宿題
鱗をくぐって　つぎつぎ解答された
奇怪な水の予習
最終の頁からはじまって
園児の手にかかった短い手帳　或る日

河から剝製の孤独が引揚げられる　そして
最後になった水に軀を横たえた
ねむるほかなかった稚魚
洪水は魚たちを孤立させる
数行まえの河にいた
言葉になった稚魚は　もうけして
意味の耳に帰れないまま
ひどく崩れやすい岸辺の木になる

一本の削られた風の魚
空に刺さった骨の形　そのままで
雁のように濡れていった空
母が本のなかで魚を喰べた
縫いしろを少しだした子たちの
泳ぐ旅のあいだ

落ちた木の葉
拾われた霧の粒
明かりを消すと
どことなく雲の形をした明日

風を囲んで鳥たちが坐っている　この木は
むかし絵本の主人公で　紙のなかで
紙みたいにけっして揺れなかった　幹として塗られた
インキの色と匂い　描かれた葉の線のあいだ

眠った写実的な魚と魚
木は苦役のあとほんとの木になった
木はあるだけで罪になる秘密の家
岸辺をみようとする魚
雨と水はみな魚の鏡になる　全体的な
あの水音から出てゆく夢

魚は泪をくぐり　それから水に眼としてねむる
木の宿とする旅の終り　いつまでも
たどれない地図　わたしたちに削るための鉛筆と
手斧がない

赤い絵具で描かれた森　そのなかの魚の木よ
遊びにすべき日々が
目次からつぎつぎに消えてゆく
画筆の駅であなたたちすべてと
つぎの一行を改訂している　あなたたちの胸に
入りこんだ魚の木　そこから
もうけっして出てゆかない
やせた二本の枝のあいだで
ひとつの街が成熟し　あなたたちは魚
乳母車の手すりをこえて

歩いてゆく木

本草譚

いらないほどたかく刈りあげられ　それでも
丹念に乾燥された
薬草を採りに
いま崖ふちに降りてゆく
どこかにたどりついて
薬草になりたかった
よい効きめ
よい病い
よい死でさえある　あみがさゆり属の　ひとつの草に
ししうどの根と

みしまさいこの根が　秋に
どこかの空で　風に埋もれ　語りあっている　それは
冷たい微風として聴こえ
耳で刈りとられる

一本の茎や根なのだ
一まいの葉なのだ　そうして
草刈りの鎌の刃さきに薄く
かかった鋼いろの匂いなのだ　秋に
「ロシュコアール山の
尾根つづきの物見台に佇ったら
三つ叉になった樹林や
下草となったアステル・タタリクス・Lを
ひくく撫でてゆく風に　どうか
忘れないで挨拶を
「以前に

その風に愛されたことがあります　まだ
すべての草は薬であるか　喰べて
死につながると信じられていたころ
一本の薬草でした
「狂気はすべての薬石　どんな
知的に並んだ山稜も
葬列の旗のように　背に
薬草を繁らせていた
きららのような氷で　すべての
治癒を刈りとるために　山頂の風が
荒れ狂ったとき
煮つめられた狂気は　乾燥されて
死の粉末になる

一個の花冠なのだ
イリス科のねぢあやめとして　鳥たちの

囀りを喰べて 膨らんでいった その
未知の成分に 紅紫いろの
快をさしとめられた

活字のある光景

活字を叱りつける活字を
おぼえ さっそくはじめた　いま
いちばんいけないのは
なにかありそうに
じぶんで紙のうえにやってきて
並んでしまうことだ
入りたいと囁いたって
字体ごと拒めばいい

活字をのせた
紙たちは
枯葉のように
しずかにしずかに　世界を朽ちさせる

庭さきまできた洪水の夢が
なみなみと無意識の水位を満たす
頁《ページ》いっぱいに溺れた活字は
ひとりでに鎖列をつくる
二三行にまとまるのを待っている
字画たちの張力の差異が
整列の原理なのだ

活字を消して
耳だけになる日

音が音のあとから
音のうえを　波になって
重なってゆく
山の頂きの糸杉に吹きのぼる
風のように
ついに時のなかを走りはじめる

きみは知った
水の中の魚のように
音を出さないで読まれる
その速さに
世界の喪失の秘密が
かくされている
しだいに足をつかまれて
辞典のなかにひきずりこまれる

死までの厚さは数千頁《ページ》
いちまいの光の画布になって
どうしても厚さを作れない日
活字は劫初の映像のなかで
明るい廃園を散策している

活字都市

おとなしい鳥が
鳥籠のなかにいるみたいに
おとなしい本が
崩れかかった本のあいだに棲んでいる
鳥が鳥でないふりをする

ときがあるように
本が本でないふりをしたい
ときがある

脱ぎすてた衣裳みたいに
積みあげられた
階層の配置は　都市の虚像だ
本の高層はビルディングだ
傾いたビルとビルの谷間に
文字と文字とが信じあった配位で
孤独に惹かれあう

いとしい文字を染めあげて
鳥に托されるものがある
鳥は文字を啄んで　つぎつぎとびたつ
それぞれの階《フロア》が営んでいる文字たちの生活《くらし》に

視えないひとりずつの孤独な管理者がいる

鳥が鳥籠を求めるみたいに　管理者は
それぞれの階《フロア》を求めて
文字たちをつみあげる
膨大な未処理は
ひろがる未処理の都市みたいに
つぎつぎ不安な階《フロア》を継ぎたす
頭部がしだいに巨きくなった
さかしまな高層と高架の像が
ひろい空を喪くしてゆく

夢が流れた　ある夜
それぞれの階《フロア》で文字たちは励起し
かがやきに押しだされる
光の棒みたいに

街路に溢れだした

本は　ひし形にゆがみ
階層の配置は　壊れはじめる
夢の真ん中で　夢を
じっと観察している
もうひとつの夢を
きみの眼が
しずかにあたためている

十七歳

きょう
言葉がとめどなく溢れた

そんなはずはない
この生涯にわが歩行は吃りつづけ
思いはとどこおって溜りはじめ
とうとう胸のあたりまで水位があがってしまった

きょう
言葉がとめどなく溢れた
十七歳のぼくが
ぼくに会いにやってきて
矢のように胸の堰を壊しはじめた

わたしの本はすぐに終る

顔もわからない読者よ
わたしの本はすぐに終る　本を出たら
まっすぐ路があるはずだ
埃っぽい日がな一日かけても　おわりまで着かない
しまいは蟻の行列のように
あちらからも　こちらからも
あつまってきた一隊で
くたびれはてた活字のように
また一冊の本ができそうだ

とにかく本を出たら
まっすぐ路があるはずだ

善の空をよけ　悪の風をよけ　魔の旅宿《ホテル》をよけ
魅せられるはずの愉しみには
触れないようにして
できるなら一度も顔をあげずに
うつむき加減に歩いて
後ろ姿からちいさくなって
しまいは影のように
得体のしれないかたちになって
うごめいた群れに消える

最初の病人に出あった
黒い僧侶の服を着ている
ポケットからメモをとりだして読んだ
「はやく死のことばかり修練してきた
すこしでものびのびになると、
死にたいあまり　胸がつぶれ

わびしくなる」
なおも本を出たら
まっすぐ路があるはずだ
それから最初の角を曲がる

子どものときは
こちらから会いたいとおもった
親密な人たち　物たち　木枯の夜なか
目が覚めると通りすぎていった
魔のような気配
みんな散ってしまった
色づいた木の葉のように
あるいは角を曲ってしまった
隠れんぼの影のように

顔もわからない読者よ

わたしの本はすぐに終る
本を出たら
まっすぐ路があるはずだ
大人になっては
こちらから会いたくはなかった
十二月の氷雨のように
膝頭をつめたくしながら
墓石を洗っている老いや死に
ふりかかる公孫樹の黄葉は
こがね色に敷かれた
わたしよりさきにわたしの死になって
墓参の縁者を出迎える
乏しさだけからできた永遠よ
いつも墓石へゆく路を忘れた
やっとたどりつくために
老いた役僧のあとについて

忘れたことの罪の感じを
呑みこみながら死者に会う
遠い距りだ
まえはそうでなかった
家のなかに仏前が浮んで　そこまで視えない線がひかれている
いつでも日どりさえきまれば
いっしょに西方億土にたどりつける
祖父がちいさなわたしを
膝のあいだにのせて語ってた
わたしも発憤する
川向うの寺院のちかくまで
祖父を出迎えにいった
死者のくには近いけれど遠く
祖父も還り路だけ迷った
魅惑するのはなに？
魅惑する日はいつ？

魅惑するところはどこ？
父の実は乳汁《ちち》
母の葉ははき
注意が祈りにならぬうち
つぎの病人に出あった
黒い僧侶の服を着ている
ポケットからメモをとりだして読んだ
「竹原のような聖《セイント》がよい
遠山の紅葉　野辺の一本の樹には
ひかりがあつまりやすいから」
わたしの本はすぐに終る
本を出たら
まっすぐ路があるはずだ
わたしたちは誰も
ゆくか　かえるかしか
できない

鳥たちの水のなかの群れ
うつる雲　ゆく風　枯れて折れた蓮の葉
みんなとり巻かれた景物だ
とまったままいられるのは
植物のような幸いだけ

温みと凍み
ふたつのあいだを季節ごと
移るだけでいいのは
鳥たちのような幸いだけ
わたしたちは誰も
動く病気だ
とまるとき　不安がなければ
それは死のとき
まだ快楽にひたりきらないうち
もう夜明けがやってきて

旅宿《ホテル》を追いたてられてしまう旅
そして死は不満のようにそれて
言葉の旗に出迎えられる
わたしの本はすぐに終る　本を出たら
まっすぐ路があるはずだ
どこへゆくのだろう
よくわからなかった
子どものときの夢では
たしかに歩いているわたしの姿があって
間違いなさそうにしていた
つぎの病人にも出あった
黒い僧侶の服を着ている
ポケットからメモをとりだして読んだ
「為《し》ようか、それとも為《し》まいか
そうおもえることは
たいてい為《し》ない方がいい」

ああ　蟻のような活字の一隊よ
神がいるかどうか並んでみたか
エロスはぬるい海かどうか
さきを争ってかれらはこたえたか
一冊の本ができるまでに
それだけはおわっていなくては

本はどんな本も
終りのない印刻のレールだ
活字たちはみんな意味を惜しがり
逸脱をこわがっている
顔のわからない読者よ　眼をあげて
金属色の魂をなげ捨てろ
その現場は見られないように
昨日の凍えた雨が閉めきった窓を
空の青にむかってひらく

本が終るたびに繰り返された
本には魂がのこされていない

わたしの本はすぐに終る
本を出たら
まっすぐ路があるはずだ
もう一人の病人に出あった
黒い僧侶の服を着ている
ポケットからメモをとりだして読んだ
「すべて聖《セイント》は
悪く言われるほどいいのだ」
わたしはその人を知らない
その時刻もない　場所もまた
だんだんと不品行の街に入っていく
魅惑の路には
夜明け色の蜜が流れている　街はずれ

海の寄せ場には　子どもの好きな
秘密の場所があった
いちばん仲のよかったハゼや穴子《あなご》
てぐすの糸がひと筋あれば
内密の会話がはずんだ
巨きな遊歴の途次だとひそかに告げた
あの魚たちだけには
どこまで　どこへゆくのだろう
あおじろい恐怖がつきまとう
魚たちから　信号があったら
あの場所に帰らなくてはならない

演歌

*

「無口」という茶店《さてん》のところで
乃木坂《のぎざか》は黄昏《たそがれ》にあう
粒《つぶ》になった夕陽の肩《かた》に
髪《かみ》の毛みたいに闇《やみ》が流れ落ちる

うまく神話に触《ふ》れてきた
ふるい村の話からはじまって　　ちょうど
いちばん辛《つら》い暗礁《あんしょう》の日々まで
涙《なみだ》ぐむ祖母《そぼ》の肩を抱《だ》いて
もっとその奥《おく》にある
「無口」という茶店で

慰《なぐさ》めている

さっきから
すすり泣《な》きは　一瞬《いっしゅん》ごとに深い
言葉の終りまで沈《しず》んでいる
祖母はそのごとに若がえった
眼《め》をまっすぐこっちにむけて
もうそのつぎのことだわよ　無言で
誘《さそ》ってくる

界隈《かいわい》は額縁《がくぶち》だけかがやいて
妙《みよう》な袋小路《ふくろこうじ》のところでは
組《く》み紐師《ひもし》の妾《めかけ》になった
神話の比売《ひめ》が祀《まつ》ってある

はじめて祖母と出会ったのは

乃木神社のくら闇《やみ》
「婚」の字をたくさん紙に刷《す》って
いっせいにばらまいた「帯子《たらし》」という子が
いまはじめて女になった
そういいながら小走りに寄ってきた
がまんできないわよ　わたしだって
母を産《う》むまえに　どうしたって
あなたと片《かた》をつけておかなくっちゃ　そういいながら

たしかその日
祖母は乳房《ちぶさ》を晒布《さらし》でおさえていた

＊＊

嬰児を映した鏡《かがみ》のなかは
ひびわれた沼《ぬま》がつづく
沼のはずれは

「相生《あいおい》」という名の　母をうめた橋

母の裾《すそ》につかまって　いっしょに
ゆけるのは
「相生」の橋の橋桁《はしげた》までだ
それからさき　やつれて
嬰児はもどってくる
母はもう死の別所《べっしょ》に歩みさる
渦《うず》が胸をこえて溢《あふ》れた　それから
水の寒い姿《すがた》に吸《す》いこまれる

何べんものぞいた
石塔《せきとう》みたいな橋桁のところに
水の死が影《かげ》みたいに澱《よど》んでいる
嬰児はすこしずつあきらめる
風を炎《ほのお》みたいにあつめ

母の産衣《うぶぎ》を焚《た》いた
なぜそんなことするのか　わからぬままに
「悲」のしみた灰《はい》の
しめりをふりまく
追っかけてゆきたい影は
追っかけてくる影とおなじだ
そう気づいたら
嬰児の鏡は　ひとりでに壊《こわ》れた

おおきな轟《とどろ》きが
水に裂《さ》ける
一瞬《いっしゅん》沼に映った嬰児の影が
母の髪《かみ》のなかで　かすかに
それを聴《き》いた

＊＊＊

誘《さそ》う言葉が
衣服《いふく》のおくの燠《おき》のところまで
さかのぼる
あの花柄《はながら》模様《もよう》のうしろの位置で
ふと消《き》えてしまったのは
聖地に行きかけた　蟻《あり》みたいな
文字の群れだ

文字はどこに消えたの　いったい
どんなものなの
文盲《もんもう》の祖母は　衣服から
ふたつの手をだすと
辞書《じしょ》の端《はし》をつかみながら
焦慮《しょうりょ》を　船着《ふなつ》き場《ば》みたいに

指《ゆび》で囲《かこ》んでいる
むかし は菫《すみれ》の花から
光線がでて　それにあたったものは
みんな菫の花に
染《そま》ったものよ　もう
夕暮《ゆうぐ》れになったので　髪《かみ》を梳《す》きながら
そう嘆《なげ》いている

祖母の衰《おとろ》えた眼《め》は
舟型《ふながた》をした文字みたいなものが
船着き場を出ていった
かすかな気配《けはい》に気づかない

いちばんすくない字画《じかく》からはじまって
つぎつぎ逃《に》げていった　みんな

祖母の知らない都会で
ひそかに集まって
うまく意味など組みあげる　そんな
順序《じゅんじょ》になっている

祖母からみれば
文字はみな
荒れはてた路《みち》の茂《しげ》みに
捨《す》てちまった子供たちの骨《ほね》だ

＊＊＊＊

祖母《そぼ》の胸のなかは
「養分をふくんだ思考」だった
仏木坂のたもとの樅《もみ》の木に
ちいさな恋を衣《ころも》みたいに懸《か》けて
裸《はだか》で舟遊《ふなあそ》びにでかけた　その日から

最低どんなときも
頭脳《ずのう》を波立せる風を
鉛筆《えんぴつ》みたいに削《けず》って　ちびた
家計の数字をなめてきた
疲《つか》れは粉《こな》に挽《ひ》いてたくわえ
悪さをした母の口に
懲罰《ちょうばつ》のため押しこむ
豪快《ごうかい》な祖父《そふ》も
年うえの祖母に出あってから
三度の食事のうち一度は
得体《えたい》のしれない「養分」を
混《ま》ぜられている　やがて

夢《ゆめ》という夢はきまって

針《はり》みたいな穴《あな》に吸《す》いこまれた
たくましい腎《じん》に　祖母の
会陰《えいん》を洗った水が蓄積《ちくせき》される　ある日
街《まち》全体をむりに
部屋のなかにひっぱりこむと　祖父は
一番地から壊《こわ》しはじめた

ちょうど一丁目二十六番地まで
そのとき生まれたとすれば　祖父は
よく切れる刃物《はもの》みたいな声で
孫《まご》の音階を切り裂《さ》くと
市街図《しがいず》の幻《まぼろし》を　しずかにたたんだ

＊＊＊＊＊

心音《しんおん》のさきにつかまったまま
不安な眼をつむっている

あの世界の胸のあたりにむかって
永遠みたいにたよりない
字画が歩む

もうひとつ向うの空の
際限《さいげん》のない風の湧《わ》き口《ぐち》からは　また
視《み》えない記号が届けられる

見知らぬ盲目《もうもく》の子が
すき透《とお》った耳の近くにやってきた
字画は耳のなかに入った

＊＊＊＊＊

読者は森にあつまって
車輪で圧《お》しつぶされた文字の
残骸《ざんがい》を悼《いた》んでいる　ちらばった

扁《へん》を指して嘆《なげ》くのなら　文字の
起源《きげん》について泣《な》くべきだ

「妹」その「声符《せいふ》は未《び》」
まだ愛恋《あいれん》を販《う》らなかったのに
「姿《すがた》」その「声符は次《し》」
「それは『立ちしなふ』形であろう」
「立ち歎《なげ》く女の姿は　美しいものであった」

ひと画《かく》ひと画が
イメージの鳥になって
月の輪に影《かげ》をついばんでいる　やがて
うなだれた塑像《そぞう》みたいに
こわれたキイ・ワードを
組み立てはじめる

つくられた一語に色づいた
村の妹たちに触《ふ》れてきた　乳房《ちぶさ》は
森のうしろ　双《ならび》が丘《おか》になった
風に揺《ゆ》られた神話のなかでは
概念《がいねん》がエロスだった
永遠という旅の途次《とじ》の字画よ
そのままで　どうかそのままで
こわれた村の妹たちは　都会にでて　夜ごと
「新見附《しんみつけ》」という文字に抱《だ》かれている

いつか明け方　窓《まど》から見おろすと
陸橋のしたの鋪装路《ほそうろ》を
森に帰りそこねた活字たちを束《たば》ね
新聞配達が通りすぎる

＊＊＊＊＊
＊＊

「さよなら」は　すわっていた椅子の
とめ金《がね》をはずしかける
字画《じかく》は　ひと画ずつばらばらに
鶫《つぐみ》のかたち　紅鮭《べにざけ》のかたち
雨のかたちなど　変幻《へんげん》しながら
おおきくいえば　樹木《じゅもく》の掌のひら
河の流れの指さきになって
白い二頁《ページ》の草原に　消《き》えてゆく
さすらいのジョン・ウェインみたいに

棺《かん》が運びだされた
あとみたいに　読者はとても頼《たよ》りなげに
もう立ち上りかける
「さよなら」の癖《くせ》だった口調など

ふと思い出しながら

とにかく晩《ばん》の送別会は
賑《にぎ》やかだった
鍋《なべ》に文字をほうりこんで
煮込《にこ》みながら　みんなで
つついた
けっきょく最後まで
煮えきらずに　歯《は》にこたえたのは
「魚」や「鳥」や「樹木」などいう文字だが
おもうに　こういった動物蛋白《たんぱく》や樹液《じゅえき》の
微量《びりょう》の鉱物質《こうぶつしつ》がなかったら
「さよなら」の詩語は
無味な繊維質だけだ
ほとんど出席者は　一致《いっち》しかけてる

さっきから黙《だま》ったまま
「さよなら」は　影絵《かげえ》みたいに
ひっそりと　主賓の席にひかえてる
詩は　書くことがいっぱいあるから
書くんじゃない
書くこと　感じること
なんにもないから書くんさ

ぽつりそうつぶやくと
忌わしい　われらの時代の
鋭敏《えいびん》な言葉の「壮丁《そうてい》」として
『民数紀略《みんすうきりやく》』の文句にまぎれて
消えていった
シナイの野のモーゼみたいに

言葉からの触手　一九八九

書物 倒像 不在

わたしが書く。書きすぎる。するとなにがこの世界におこるのか。わたしに実感できるのは、一瞬だけ書きおえた安堵にひたり、胸や頭のあたりが空っぽになった気がし、しばらくはおぞましくて、どんなことも書きたくないという感情に支配されるということくらいだ。わたしの内部におこったことは、外側の世界からはうかがいしれないようにみえる。それならばわたしが、ではなく世界が書きすぎ、書物が氾濫しすぎたら、なにがこの世界におこるのか。おなじく、春秋の筆法をもってすれば、世界が一瞬だけ書きおえた安堵にひたり、世界の胸や頭のあたりが空っぽになった気がし、しばらくはおぞましくて、どんなことも書きたくない感じに支配されるはずだ。それから世界はどう振舞うだろうか。もし世界にゆとりがなければ、ちょうどわたしがそうするだろうように、ふたたび書きすぎ、書物を氾濫させるという反復に入るだろう。世界にゆとりがあれば、わたしがそうするだろうように、おぞましいと感じた分だけは、霧散させるために身体を行動させるだろう。それが遊びの気分であれ、苛立たしい八つ当りの気分であれ、書くことをなくすだろう。もし世界が反復も霧散もならないほど逼迫していたらどうするだろうか。世界はじぶんの無意識に、じぶんの逼迫を映しだすにちがいない。わたしたちは、この無意識が逼迫したときの世界の倒像を、極限としての現在とみなしている。

書物はこの倒像のなかでは、文字が記載された個所だけくりぬかれている。また書物の氾濫はその氾濫分だけ空洞になっている。この意味では世界は、書物の情報量の総体だけ神経系統に障害をうけるといっていい。よい空気、よい栄養。だが肝腎の抗生物質だけは、世界の空洞からしか培養することができない。書を捨て街頭や広場へゆけば、世界の病態が回復するとおもう行動主義が錯覚するのはここだ。かつて生体を自体で病ませたもの、病ませたものの病原、そのまた病原という連鎖のうちにしか、世界を回復する薬物はみつけられない。

現在というものの病原は、どうやって形成され、どんな伝播の特質をもっているのか。それをわりだすのは難しい。ただ理路としていうだけなら、系統的にそれを位置づけるのはできないことはない。それぞれの書物のそれぞれの頁は、じぶん以外の他の書物の他の頁と異種または同種交配できる性質をもっている。このばあいこれを媒介するのは、人間の頭脳の働きがうみだす波動の重畳体みたいな像《イメージ》だといえる。ここでは人間は像《イメージ》が身体であり、身体のほうが観念のフィード・バックに転化する。そしてまたここが人間の身体が像《イメージ》に転化する唯一の場所だといえる。

書物。それは紙のうえに印刷された文字の集積体でもなければ、ある著作者の観念の系譜が、言葉にあらわされたものでもない。それは表側の視線からみると、起源からやってくる人間の反復・霧散・逼迫の連続体であり、裏側の視線からみると、終末から逆に照射された人間の障害・空洞・異種または同種交配の網の目である現在のことだというべきだ。

書物は、至上の書物あるいは最高の書物でも、ただひとつの絶対的な真理を埋蔵することは、先験的にできない。その理由は、どんな書物も書物であるかぎり、表側からの反復・霧散・逼迫と裏側からの障害・空洞・異種または同種交配の視線によって、はじめてこの世界に存在できるからだ。

映像　現実　遊び

かつて共感呪術のはじめには、狩猟や穀物の収穫の模倣行為を予行すると、じっさい狩りや穫りいれの増収をもたらすと信じられていた。そして信じられたことはその通り実現された(じつは実現されなかったときのことは忘れられ、実現されたときのことだけがことさら大きな記憶になったのかもしれない)。

現在、文明はまたぽつりぽつりあたらしい形の共感呪術を、現実化するようになった。わたしたちはしばしば、高層、中層ビルの密集地帯で、窓の外にみえる折り重なった墓標みたいなビルの群れを、これはまるで映像のなかの光景だと錯覚する瞬間がある。ほんとうはこのとき、わたしたちの内部にあるスクリーンに待望された光景が、窓の外の光景と共感しているのだ。もっとはっきりいえば、内部スクリーンに映っているのは、窓の外の実在のビルの折り重なった光景そのものなのだ。こうなればもう、わたしたちがビルの密集を廃墟として予望すれば、実在のビルの密集地は廃墟になり、映像のなかの幾何学的な宇宙都市を予望すれば、実在のビルの密集地は、宇宙都市になると信じられてくる。問題はわたしたちが廃墟の映像をもつか、宇宙都市の映像をもつか、また未知の驚きと理路を映像に与えられるかどうかなのだ。わたしたちのなかで映像が驚きはじめれば、実在の都市は驚きの空中路をつくりはじめ、映像が理路をもちはじめれば、実在の都市もまた、理路の地下道を走らせるにちがいない。

遊園地が、じぶんの敷地のなかに都市のビル街をもち、港湾を掘り、船を浮かべ、天然の入海を胎内に引きいれて、人々を遊ばせはじめた。遊んでいる人のなかに、起ることはなにか。それは心理の人形化だということは、体験的にすぐにわかる。心理の人形化の気分は、幼児のとき玩具を与えられて感じた親和感と異和感に帰着する。こころが縮尺されること、滑稽化したくなること、気分が軽く明朗になること、などが、この人形化の中身だ。幼児はそうなると背丈をちぢめ、派手な色彩の奇妙な衣服と帽子をかぶせられ、哀しみを忘れて遊んでいるじぶんの姿を幻想する。おなじことは都市の街区でも起りうる。ファッションビルがたち並び、アーケード街がつくられ、ガラス張りのレストランと、幽界のようなブティックが街路の両側をかぎっている。わたしたちは都市のその街区を歩く。するとなにが起るのか。体験的にすぐわかることだが、わたしたちの内部に、羞恥が走り、照れたあいまいな表情がうかび、そのはてには夢遊のなかの気分になる。このときわたしたちは、じぶんの人形化を拒んでいるのかもしれないし、人形化を拒むこころの状態をへて、人形化しつつあるじぶんを、光景に慣れさせているのかもしれない。

映像こそすべてだというように、映像の技術と技芸の全分野は、わたしたちに暗示しようとする。その暗示をうけて都市の街区はつぎつぎに密集地から映像化してゆく。しかし平野のなかの人工的な都市では、映像はぎゃくに廃墟だということが起りうる。映像の中身がではなく、映像の技術と技芸そのものがだ。わたしたちは、ある日ある地方の人工都市で、映像と映像の模写と言葉とがとびかうビルの内装の場所から、つれだってしずかな夜の外気のなかにでた。するといままで濃密にとびかっていた映像の技術と技芸の世界は、即座に廃墟のような記憶にかわり、やがてすぐに忘れてしまいたい気分が内部を蝕みはじめた。わたしたちはそのとき、超現実の夢遊状態のほかに、原現実(現実以前)の夢遊状態もあることを知った。わたしたちはその瞬間だけ、動物状態になっていたのだ。それは心理の人形化とはちがうことだとおもった。

精神の物象化と物象の精神化とが等価になった街区にいるとき、わたしたちは動物状態から高度な既視状態まで、自在に人工的に心理をつくれるようになっている。つまり環界の内在化と内在の環界化とを自在に操作できるようになった。農と狩猟と漁撈とが動物状態から高度な既視状態までの、どこかの階程に収納されたような都市を、人工的につくれることは、いうをまたないほど現在では確実なことだ。

わたしたちは都市の街区のなかで、映像と現実が交換される価値について、ちがいを無化してしまう作用について、不安で奇妙な、だが遊びのかたちの体験をさせられている。どれだけ支払ったらいいのか、それともどれだけ受けとったらいいのか。はっきりできないままサイフをおさえたように躊躇している。だがもしかすると、映像と現実の不分明、混合、熔融現象とみえているものは、情景のことではなく時間についての錯視かもしれないのだ。わたしたちの無意識は、現在の都市の街区から胎内の時間を再生することを強いられている。

評論

現代詩批評の問題

小説を批評する手つきで詩を批評することができるか、また逆に詩を批評するとおなじ手つきで小説を批評することができるか。

わたしはできるとおもう。

こういう問いと断定には、詩と小説にまたがるたくさんの問題が含まれるのだが、現代詩の批評の、混乱というより根本的といった方がいいような分裂を解きほぐすために、まずわたしは、詩と小説の批評の現状を、羅列的に対比してみることから入ってゆかねばならない、とかんがえるものだ。

現在、文芸批評家は、月々に生産される雑誌の小説の月評に手をつけ、またどう転ぶかわからぬような作家を、まともに大真面目に論じている。明治以後の文学史上の主な作家についてなら、いうまでもなく克明な体系的な評価が、すでに幾重にも積みかさねられている。

まったく善意に解釈して、こういった現象は、批評家が、小説批評によってなら、批評的な主体の諸問題をさぐりうるとかんがえているから、はじめて成立つのであって、批評家の内部には批評の仕事と小説創作との機能のちがいが、はっきりと自覚されているか、または無意識に判断されているのだ、とかんがえることができる。

では、批評家はどうして詩人論や詩論によって、批評的な主体の問題を体系づけようとしないのか。

明治、大正、昭和の文学史をながめわたして、たとえば永井荷風や志賀直哉や谷崎潤一郎や徳田秋声が占める重要さにくらべて、北原白秋や高村光太郎や萩原朔太郎や西脇順三郎の重要さが劣るというようなことは、決してありえないのだ。また、現存している詩人たちの文学的な業績が、作家たちに劣るということもまずない、とみなければならぬ。日本には現在ろくな作家も詩人もいないといってしまえば、問題はおのずから別だが、その時でさえ、現代作家のつまらなさと、現代詩人のつまらなさとは、同等であり同質であるということは、疑いをいれない。

それにもかかわらず、現代詩はいわずもがな、明治以降の近代詩史で、はっきりとした批評的な自覚のうえに立って照し出された詩や詩人はまったく無い、といっても過言ではないのだ。せいぜい、感想か流派にだけ通用するような孤独語で、内わな評価がなされてきたにすぎない。

ここには、おそらく、日本の現代詩評価にまつわる特殊な困難さが、よこたわっている。まずその点に触れてみなければ問題はすすみえないとおもう。

文芸批評家が詩や詩人を論じたがらないのは、詩の表現には、どうも形式と内容にかかわる特殊な事情があるようにおもわれてならない、という先見にこだわっているためにちがいない(批評家が詩にいだいている理由のない侮蔑感や偏見や喰わず嫌いは論外にしておく)。詩にまつわるこういった特殊性は、日本の場合、蒲原有明や、薄田泣菫などによって、主にすすめられた後期象徴詩運動、いいかえれば、詩の思想性をコトバの格闘の面から獲得しようとした時期からはじまって、昭和初年、ダダイズムやシュル・レアリズムの影響下に、現代詩が手法的な試みをつきすすめた時期に決定的になったのであって、まったく文学史的な事情にかかわるものだということを第一に云っておかなくてはならない。

いいかえれば、詩が表現上でコトバの格闘を余儀なくされて、形式と内容とが分裂の危機にさらされたとき、はじめて詩と小説の概念が分裂し、和解しがたくなったのだとかんがえられる。

だから現在、文芸批評家や詩人がかんがえているほどには、詩と小説との分裂は、絶対的なものとはいいがたい。後期象徴詩運動以後でも、詩の表現の問題を、詩人の内部的な世界と外部的な現実、環境、自然、生活とのかかわりあいの問題にひきもどそうとして、内容や意味を主にした詩をかんがえた若干の詩人たち、たとえば、高村光太郎、石川啄木、萩原朔太郎などの詩は、形式にまつわる特殊な事情にこだわらなくても、一個の文学作品として評価することに、さして困難や支障をきたさないということができる。

これらの詩人たちの場合でも、詩の表現にまつわる特殊なコトバの格闘はもちろんなかったわけではない。批評といえば、それは小説批評だという常識の下で、批評家が立ち入った詩の評価をするのが困難だ、という事情はすこしもかわってはいない。

だから、詩の批評が、詩の形式の特殊性からくる表現上の格闘を、自明の前提とかんがえたうえで、一個の文学作品として小説に対するとおなじ手つきで批評するか、または、小説と同質に批評することを諦めて、特殊世界で独自の批評と創作を発展させてゆくか、この何れかの場合によってしか成立しえないことはあきらかであろう。

わたしが小説を批評するように詩を批評することが可能だという場合、すでにそれは一個の批評の立場を意味している。いいかえれば小説と詩の分野を同質に論じたい欲求をもち、そこに批評の規準を定めたいとかんがえているのだが、同時に、詩を文学として論じながら、詩の表現にまつわる特殊なコトバの格闘をもあわせて評価したいという批評の立場を主張していることに外ならない。

詩の概念を、小説の概念からもっとも遠くまで引離したのは、昭和初年のモダニズムの詩運動であり、詩の批評と小説の批評を近づけようとする場合、まず、モダニズム詩が提出した詩概念の本質を、詩と小説の両方の分野に共通する概念にホンヤクしてみせることが、必須の前提であるとおもう。

第一次大戦後の西欧のダダイズムからシュル・レアリズムへいたる手法の影響下に出発した日本のモダニズム詩運動は、春山行夫と萩原朔太郎との激しい論争に象徴されるように、日本近代詩の詩的土壌に根をはった自然主義的な抒情に対する徹底的な反逆をめざしてはじめられた。

この反逆はほとんど文学的な意味の否定、破壊というところまでゆきついたといいうる。

モダニズム詩運動の理論家春山行夫は、たとえば、その詩論「散文詩の展開」のなかで次のようにかいている。

韻文詩は芸術として音楽や絵画などと共に発達してきたことを第一に知らねばならぬ。文字の芸術 Arts du langage であつて、意味の文学ではない。ポエジィを芸術として扱ふ場合と、文学として扱ふ場合とは殆んど対象的に観るべき部分が異つてくる。従つてポエジィは同時にこの二つの方向から観られねば、不完全であるとすれば、韻律を中心とするポエジィの研究は当然その根柢として、芸術と文学との限界を明瞭に定めねばならない。

春山がここで使っている「意味」というコトバを、わたしなりに拡張してうけとりたいとおもうが、いわゆる詩の第一義的な概念を、音楽や絵画などと同列において、コトバの芸術であって意味の文学ではないとしている見解に、注目してみなければならない。ここに日本のモダニズム詩の中心軸がよく指定されており、わたしは、詩が小説とおなじように意味の文学を主体とするか、あるいは絵画や音楽とおなじようにコトバの芸術であり、コトバのもつ音楽的な持続と交響によって、意味をもつこと以前にすでに芸術的な条件をもっているものだ、とかんがえるかによって、現代詩の性格がほぼ二分されるものだということを指摘しなければならぬ。

春山の見解のあとには、すぐ詩の形式と音韻の問題がつきまとってくるのだが、ここでそこまで立ち入ることはおそらく不可能だろうから、モダニズム詩がコトバの芸術性をまず主体として展開されたことの文学理論的な意味をたずねておきたいとかんがえる。昭和三年、『詩と詩論』の創刊から、昭和八年、その廃刊までにおける最盛期の日本のモダニズム詩運動は、たとえば、西脇順三郎や北園克衛と、村野四郎や近藤東のあいだに、また北川冬彦や安西冬衛のあいだに、詩概念の種々な差異があり、また手法的な対立があったにもかかわらず、ほぼ、詩はコトバの芸術性を主体にするという春山行夫がしいた軌道をたどったとみることができる。

詩から意味、思想というような内容をきり棄てることは、創作過程で詩人の内部世界と社会、生活、政治、環境というような外部の現実との内面的なかかわりあいをきり棄てるということを意味している。

意味の文学というものは、そういうかかわりあいのなかにうまれ、死に、再生するものであるし、シュル・レアリズムが主張した精神のオートマチズムというようなものも、無意識を、たえず現実体験の内部的なパターンとしての現実意識によってたしかめながら、表現するのでなければ意味を構成しないからである。

だから、詩をコトバの芸術だとする考えをおしすすめてゆけば、現実体験の意味は詩の表現からきり捨てられ、現実はただ素材とか風俗感覚としてしか詩のなかに入りこみえなくなる。

ここに、日本のモダニズム詩運動の発生と衰退を、社会的な情勢の変化に対応させて考えてみる根拠をみつけることができる。

社会的な現実は、詩にとって単に素材や風俗感覚の材料であるか、または内部意識によって再構成されるべき意味であるかによって、社会的な現実の変化が詩運動にあたえる影響の仕方はちがってこなければならぬ。日本のモダニズム詩が前者の道をたどったかぎりにおいて、次のような事情は必然的な意義をもつものだ。『詩と詩論』が創刊された昭和三年は、日本の資本主義が一般的危機の第三期にはいり、日本の疑似近代社会の構造が、崩壊にむかう寸前のもっとも成熟度をしめしたときにあたっている。そして運動が一応おわった昭和八年は、危機が深まりファシズム的な体制が強化される徴候が、はっきりとあらわれた時期にあたっている。この間に、モダニズム詩派は、日本の資本主義メカニズム美の讃美者としてあらわれ、資本主義の危機とともに美学的な衣裳をはぎとられ、裸の都会庶民の情緒的な表現にまで衰退していったのである。

まず、内部世界のつよい裏付けがないために、超現実的な手法が、メッキをはがされて、春山のいわゆる「コトバの芸術性」が第一義的な意義をうしなった。つぎに社会的な情勢が、統制された倫理のワクをかけられた結果、素材としてあった都会の風俗が、感覚として色あせてみえるにいたる。あとには詩の表現によって検証されなかった中層庶民インテリゲンチャの内部風景の情緒的な意味しかのこらなかったのである。

たとえば、昭和四年『白のアルバム』から昭和七年『若いコロニイ』をへて、昭和八年『円錐詩集』にいたる北園克衛の詩業が、また、昭和五年『測量船』から、昭和九年『閒花集』にいたる三好達治の詩業が、典型的にそのことを示している。

西洋のダダイズムからシュル・レアリズムに移行するモダニストたちといえども、詩をコトバの芸術として、意味や思想性を追放することによって、内部世界と外部現実とのかかわりあいの問題を詩の表現から追放した。しかし、そこに一定の方法があり、その超現実には、あきらかに内部の現実意識による裏うちがあったため、社会的危機の表現でありえた。詩の表現から、意味や思想性を追放するためには、内部世界と現実世界との対応性がはっきりと前提されていることが必須の条件であった。日本のモダニズム詩の評価が提出する問題は、その対応性の意味をいかに解釈するかに集中することができる。

わたしはおなじ観点からモダニズム詩とまったく対照的であったプロレタリア詩の問題をかんがえてみよう。

日本のモダニストたちが、詩をコトバの芸術の面からかんがえたとすれば、プロレタリア詩運動は、まったく詩を意味の文学とかんがえたといいうる。

プロレタリア詩の傾向も多岐であり、たとえば「赤と黒」の詩人、壺井繁治、岡本潤、萩原恭次郎などのように、民衆詩派の自然主義的な生活意識と観念性と平板さにあきたらず、ダダイズムの手法的な影響をとり入れて、プロレタリア・レアリズム、イデアリズムにちかづいた詩人と、生粋の下層庶民詩人（野村吉哉、木山捷平）と、中野重治のような革命的インテリゲンチャの詩人と、渋谷定輔や郡山弘史のような、農村や工場の労働者的詩人とでは、かなりの相違がみとめられる。しかし、この詩派が、詩を意味の文学として徹底的にかんがえたところに、原則的な問題点をつかまえても、さして困難な事情はあらわれないとおもう。そして、モダニズム詩のコトバの芸術性と、プロレタリア詩の意味の文学性とのあいだにある構造的な差異、近似、対応などの関係が、はっきり解明できれば、ほぼ、現代詩批評の原則的な問題はあきらかにされるはずである。

時代的にみてプロレタリア詩運動の最盛期もモダニズム詩とおなじで、青野季吉の「自然成長と目的意識」（大正十五年）、同じく「再論」（昭和二年）から、作家同盟中央委「プロレタリア詩人会解消に関するテーゼ草案」（昭和二年）の決議までの時期を頂点とかんがえることができる。

この時代的な一致は、モダニズム詩とプロレタリア詩を対比する場合に、重要な足がかりをなすものである。これにより、両者を詩の主体的な空白の双生児として、取あつかいうるいくつかの条件をつかみ出すことができるといえる。わたしは、まずプロレタリア詩の評価の基本的な問題を概観してみたい。

昭和二年から昭和七年は、コミンターン二七テーゼと三二テーゼとにはさまれた革命運動の最盛期にあたっている。

そして、政治運動の側からする早急な要請によって、プロレタリア詩の意味の文学性は、政治的意味と芸術的意味との二元性をはらまざるをえないものであった。ことの当否の論議はとにかくとして、日本のプロレタリア詩が、その文学的意味を政治的と芸術的との二元性の問題として提出したことによって、現代詩の評価にあたらしい混乱と特殊性をひき入れたことはあきらかである。現代詩はコトバの芸術性と、意味の文学性との分裂にくわえて、政治的意味と芸術的意味の分裂、混乱という第二の問題点をひきずらざるをえなくなったのである。

もちろん、この第二の問題は、プロレタリア文学運動の理論家たちによって、はげしく追求された。平林初之輔の政治的価値と芸術的価値との分裂についての問題提起、中野重治の「芸術大衆化論」批判、それにつづく芸術的価値の一元論、蔵原惟人、宮本顕治の政治の優位性論にまたがるプロレタリア文学運動最大の論争は、こういった事情を背後にふまえておこなわれたものであった。

わたしはいま、この問題をわたしなりに要約しておきたい。

プロレタリア詩(文学)が、モダニズム詩と対照的に意味の文学性をつきすすめたことは、内部的な世界が現実の世界とかかわる過程を、詩のモチーフとしてえらんだことを意味するものであった。ところで政治運動からの要請が加わったとき、この派の詩人たちは一方で「主題の積極性」の方向へ血路をもとめ、メーデーを描くとか、ストライキをうたうとか、政治闘争をアジテートするとか、いわば外部現実を限定して、素材自体のなかに、詩の政治的な意味を解消させようと試みたといいうる。そして他方では、詩人が組織の要員に化することで、内部世界と外部の現実世界との対応性をつきつめる課題は、未決のまま放棄されたのである。

したがって、詩人が、内部世界を未熟なままに疎外して、積極的な、闘争的な主題にとりくむという現象が、必然的におこらざるをえなかった。素材は政治的、革命的であり、形式と内容は未熟なまま放置される。自然主義的な抒情と生活意識が、闘争的な素材にくるまれて提出される。等々。これらが、プロレタリア詩運動が、政治的意味と芸術的意味を調節しようとしておちいった、一般的な陥穽であった。詩の文学的意味と政治的意味とが、如何にかかわりをもち、如何に異っているかを解明する試みは、理論的にも作品的にもほとんどなされなかったということができる。

もしも、詩人が内部的な主体を確立し、論理化してゆく過程が、外部的な現実を論理化してゆく過程と対応するとかんがえうるならば、詩の文学的意味と政治的な意味とは、内部において統一的につかまえられる可能性があったとみなければならない。

その場合には、「何を如何に」という当時プロレタリア詩運動で称えられた課題は、蔵原、宮本理論のような政治の優位性論に圧殺されることもなく、中野理論のように芸術的価値のなかに文学と政治のかかわりあいをあいまいに封じこめることもなく、文学的な意味と政治的な意味とは別個にそれぞれの価値と体系をもちながら、構造的に内部で同型につかまえられることができたはずである。

しかし、この課題は緒端もふまえられないままに、昭和六年「ナップ」は、詩のための「職場の歌」欄をもうけ、作家同盟第三回大会は「プロレタリア文学運動の基礎を工場農村へ」という決議をかかげる有様であった。そこにはサークル運動の意味がつかまれておらず、シュプレッヒ・コールの運動も「大衆芸術」についての明瞭な考察があったわけではなかった。

日本のシュル・レアリズム運動が、詩人の内部的世界と現実世界のかかわりあいの意味をすてて、コトバの芸術の線にそって一個の形式主義文学論によって主動されたものとすれば、プロレタリア・レアリズム運動は、詩人の内部世界の論理化と外部現実の論理化との対応を、はっきりと追求しきれない政治の優位性論にひきまわされ、主題の積極性と政治的情緒とのあいまいな混合物を、文学的意味と政治的な意味との未分化な矛盾、同居のまま、呈出したということができる。

だからこのような視点から、モダニズム詩とプロレタリア詩というまったく異質な詩概念を、串ざしにすることが可能になる。現実意識の面からかんがえれば、モダニズム詩は中・上層庶民の生活、社会的態度をそのまま象徴し、プロレタリア詩は下層庶民のそれを、そのまま象徴しているにすぎなかったから昭和八・九年の社会情勢の危機をうけて衰退にむかったとき、その衰退の仕方は、モダニズム詩では、コトバの芸術性という外延的な衣裳を剝奪され、プロレタリア詩は主題にかけられた政治的意味をまず剝奪されるという具合であった。

いわば、モダニズム詩は、コトバの芸術性を内部の現実意識によって裏づけえなかったため、社会情勢の変化するにつれて色褪せて、都市庶民の生活情緒の意味づけにまで退化し、プロレタリア詩は政治的な弾圧をこうむって組織が解体すると、もともと内部世界と外部的な現実世界との対応性がつきつめられていなかったから、詩意識の内部的なリアリティを表現するところに血路をもとめる術をしらなかった。そこに下層庶民の生活意識を情緒的に表現する道がのこされただけであった。

詩史的にみると、モダニズム詩とプロレタリア詩の衰退のあと、『四季』が創刊され、いわゆる「四季」派の抒情詩が現代詩の主流を占めてゆく事情が成立している。

社会的な考察をくわえれば、「四季」派の抒情詩は、たんにこの派の詩人たちに固有な詩意識の所産だというよりも、衰退したモダニズム詩と、プロレタリア詩が陥ちこんだ集中点とかんがえるほうがより適切である。それは、昭和十年代を前後する社会的な現実の構造に、過不足なく従属する感性秩序の所産であって、そこで示された「純粋さ」の概念は、西欧の近代詩が示しえた意識の原型と、似ても似つかぬ孤立した情緒に外ならないものであった。だから、現代詩がコトバの芸術性と、意味の文学性を適度に削り取られたあとの、混合された内部世界と現実世界が、消極的にあらわれたものだと理解することができる。

モダニズム詩、プロレタリア詩、「四季」派の抒情詩を、ここでは現代詩の三つの詩概念の典型としてあつかってみたので、結社とか流派とかにおもきをおいているのではないことを断っておかなくてはならない。

こういうとりあつかいかたでは、たいせつな詩派や詩人をいくらも逸してしまうから、批評の規準をめぐるものとしては発展的だとはいえないが、原理的であろうとするとどうしてもここへたちかえらざるをえないのだ。

戦後の「荒地」グループ、「列島」グループ、いわゆる「第三期の詩人群」は、戦前の「モダニズム詩」、「プロレタリア詩」、「四季派の抒情詩」にそれぞれ対応を示しており、この戦前と戦後の三つの典型を対立させてみることによって、現代詩批評の戦後における特殊性はほぼあきらかにされるのではないかとおもう。

戦後詩は、いまも動きつつあって、はっきりした評価を下すことは難しいが、戦争の悲惨な体験を内部の課題としてうけとめた世代の詩人たちによって、戦前の現代詩の欠陥を、コトバの芸術性と意味の文学性の両面から克服すべき課題を強いられて、出発したということができる。

系譜からみれば、「詩と詩論」、「新領土」とひきつがれてかろうじて昭和十年代をくぐったモダニズム詩派から、戦後の「荒地」はうまれ、また、中野重治、小熊秀雄、小野十三郎、岡本潤、壺井繁治などの影響下に戦争をくぐった世代から、戦後の「列島」

はうまれ、一九五〇年、朝鮮戦争後、戦後資本主義が相対安定期にはいり、戦後革命運動が敗北の徴候をはっきりさせた時期を前後して「四季」派の抒情概念の影響下に、「第三期の詩人群」が自己形成をとげてあらわれた。

わたしはまず、絶望的な戦後現実を背景にして、詩の文学的意味を回復し、おそらく日本の近代詩史上、もっとも詩概念を小説概念の近くまで引寄せた「荒地」グループの詩業の意味を検討しなければならない。

「荒地」グループのなかでも、鮎川信夫、田村隆一、中桐雅夫、三好豊一郎、木原孝一などの倫理的な意想と極度に内部的な現実批判と、たとえば北村太郎、黒田三郎などの内閉的な詩意識と、野田理一などの特異なレトリックのあいだに差異があるが、全体としてモダニズム詩のコトバの芸術性を転倒して、詩を意味の文学として再生させたところに、特長をみとめることができる。いいかえれば、モダニズム詩がかえりみなかった内部世界と現実とのかかわる領域を、詩の表現のなかに徹底的にみちびいたということができよう。

このグループによって技術よりも態度を、形式よりも内容をということが主張されたのは、詩をコトバの芸術から、意味の文学へ移し変えようとする意企のあらわれであった。モダニズム詩が陥った内面性の欠如、無思想性を克服する方法的な血路をここに求めたものであった。メタファーを極度に使用して、抽象的な観念の告白におちいることを防ぎながら、即物的な表現でなければ詩ではない、というような従来の詩概念からすれば、詩の領域を逸脱するのではないかとおもわれるほど、表現領域は拡大されている。「日本の詩が如何にして思想性をもちうるか」という後期象徴詩運動以来の課題は、ここではじめて一歩をふみ出している。

たぶん、日本のコトバの非論理性と多義性によるのだが、日本の近代詩の表現は、ポエジイを成立させようとすれば、具体的な形象にたくして内部世界を移入させてゆくより外なく、そこでは詩の創作といえば外部の形象にたいして感覚をとぎすますとか、物珍らしいレトリックを案出するとか、視覚をみがくとか……等々の「芸」の特殊な追及の別名に外ならざるをえない。そして、詩人が全人間的な意味で、内部世界の問題を詩の表現によってつきつめようとすれば、観念的な空語におわらざるをえない。(有明や泣菫の詩業がその典型である。)こういう日本近代詩の根本的な空白は、昭和初年に克服されるべき機会をもったのだが、モダニズム詩とプロレタリア詩は、詩人の主体的な世界の意味を無視することによって、詩のもっているコトバの芸術性と意味の文学性を極端に引裂いておわったのである。

「荒地」グループが、モダニズムを継承しながら、もっとも反モダニズム的な態度にかたむいたのは、一方で、日本の日常語格をさけ、コトバを論理的、一義的に使って、モダニズム詩のコトバの芸術性に内面的な意味をあたえ、他方で、内部世界と外部の現実世界のかかわりあいを、現実批判、文明批判として詩の表現に繰り込もうとしたからであった。

プロレタリア詩が提起した政治的意味と芸術的意味との二元性の問題は、「荒地」グループにおいては、コトバの芸術性と意味の文学性の両面から、内部世界の現実批判性に一元化されているとかんがえることができよう。

一九五〇年以後に、このグループの主動的な詩人鮎川信夫が、旧態依然とした「主題の積極性」論者や、俗流政治主義者と論戦を交え、また戦前派の現代詩人にたいして、『死の灰詩集』や戦争詩をめぐって批判を加える一方、「第三期の詩人」の批判に応酬したのは、そういう地点に立脚したものだということができる。

「列島」グループは、関根弘、長谷川龍生、瀬木慎一、木島始、井手則雄などによって推進されたが、一九五四年三月に、関根弘が「狼がきた」を発表して、プロレタリア詩の「主題の積極性」論と、政治の優位性論の誤謬を、戦後にひきずってきた野間宏、岡本潤、大島博光、赤木健介らを、徹底的に批判して、アヴァンガルトとレアリズムの綜合を説いたとき、ほぼ、方法的な自覚にたっしている。

わたしなりにその主張を要約すれば、プロレタリア詩が下層庶民の生活意識と情緒のままにあいまいにのこしておいた内部世界を意識化し、論理化することと、外部の現実世界を意識的に再構成することとが、同義でなければならないとして、その対応性をつきつめているようにおもわれる。

そして、プロレタリア・レアリズム運動から、特にダダイズムの影響下にあった「赤と黒」の運動を再評価している。この派の詩人たちは、西欧のモダニストたちのように、手法上のシュル・レアリズムを、内部の現実意識によってたしかめることで、日本のモダニズム詩のコトバの芸術性とプロレタリア詩の意味の文学性とを綜合できるとかんがえている。

だが、かつて、プロレタリア詩運動がつきあたった最大の課題、詩が政治的意味と芸術的意味との二元性をはらまざるをえないという問題は、ほとんど文学的に未解決であるといわなければならない。

「サークル詩」を基盤にし、「サークル詩」を現代詩として位置づけるという「列島」グループの主張は、いうまでもなく詩の政治的な意味を、文学の大衆運動のなかにもとめ、大衆運動を意識化することによって、芸術的な意味をもたせることができるというところに、政治的意味と芸術的意味との混乱、分裂の問題を解決しようとしていることに外ならない。

しかし、この観点をつきつめてゆけば、依然として、詩の政治的意味と芸術的意味とを分離するかつての中野重治の文学観にゆきつかざるをえない。その結果は、かならずあいまいに芸術的意味と政治的意味とが混合されて提出されるか、現実的な問題を含まないモダニズム詩の再版に陥らざるをえないといいうる。

このような「列島」グループの未解決の課題は、この派の詩人たちが、意識化された内部世界と再構成された外部世界との対応を追求しているにもかかわらず、意識化されない内部世界と再構成されない現実世界との矛盾にみちた対応性を、詩として呈出できないでいる現状と、ふかくつながっているとみなければならない。いいかえれば、詩をコトバの芸術としてみる視点と、意味の文学としてみる視点とが、内部できわめられないままに、あいまいに同居している。

昭和十年を前後して「四季」派の抒情詩が現代詩の主流として登場したように、昭和二十五年(一九五〇)を前後して、いわゆる「第三期の詩人群」が登場している。

わたしは、この詩人たちの詩概念を、「四季」派の抒情詩の概念とおなじものだとかんがえ、またその登場すべき社会的な必然性を、かつてモダニズム詩とプロレタリア詩の潰走状態のあとに「四季」派が登場した社会的な情勢とアナロジイをもつものだと見做すことに、幾分かためらいを感じないわけにはいかない。

しかし、予測が批評の機能としてゆるされるならば、昭和十年前後と昭和二十五年前後とのあいだには若干の類似性が成立ち、「四季」派と「第三期」の詩人たちのあいだには類型があり、「荒地」グループと「列島」グループとは、この派の詩概念に集中的に陥ちこむ可能性があることを指摘しておくことは興味があるとおもう。

もちろん、谷川雁、茨木のり子などのような意欲的な現実批判をもっている詩人と、中村稔、谷川俊太郎、山本太郎、高野喜久雄、牟礼慶子、中江俊夫など内部世界の問題を内閉的に表現している詩人と、飯島耕一、大岡信、清岡卓行などシュル・レアリズムの手法的な影響下にある詩人たちとを、同列に一括することは不可能にちかいかもしれないが、総体的にみれば内部世界と外部の社会的現実とのかかわりあいが、内的な格闘や葛藤として詩に表現されないという点に、「第三期」の詩人たちの特質をみても大過はあるまいとおもわれる。

この意味では、あきらかに「四季」派の抒情詩の概念に一致しているが、「四季」派にあっては、コトバの芸術性と意味の文学性とが、自然主義的な情緒によって包装されていたにすぎなかった。「第三期」の詩人たちでは、すくなくとも内部世界を主体的に論理化することと、コトバを論理的、一義的に使用することとが、内部で明晰に対応され、関係づけられている。その詩は「四季」派のあいまいな気分的な抒情とちがって、強固な構造を確立している。これによって、モダニズム詩とプロレタリア詩が陥った詩の主体的な空白は、克服されているといえよう。

しかし、「第三期」の詩人たちは、いくらか例外を設けなければならないとしても、プロレタリア詩運動が、革命運動と結ぶことによって提起した詩の政治的意味と芸術的意味との二元性の課題を完全に切り捨てている。これは内部世界が外部の現実世界と相渉る過程を、詩の表現としてかんがえなかったこの傾向の詩人たちの態度から、必然的にみちびかれたもので、ここに「第三期の詩人群」を、日本の戦後資本主義の相対安定性に消極的に対応するものとして位置づけざるをえない根拠がある。もっと極論すれば、相対安定期から危機の深化にむかいつつある現在の社会的情勢にてらして、資本主義的風俗感覚とオートマチズムとの詩的な模倣者に転化する可能性を、はらむものといわなければなるまい。

わたしの総括的なかんがえでは、戦前のモダニズム詩、プロレタリア詩、「四季」派の抒情詩という詩概念の典型は、戦後においてその戦後的な継承者である「荒地」、「列島」、「第三期」の詩人たちによって、ほとんど逆転されている。そして、逆転の軸となって動かないのは依然として自然主義的な抒情の土壌であることに問題をみなければならない。一般的には、戦後詩は、内部の主体を獲得し、コトバが論理的に使われているから、この発展を足がかりにして、詩概念と小説概念とを綜合して批評すべき足場は、増大しているということができる。

解　説

蜂飼　耳

思想家として論じられることが多い吉本隆明(一九二四年―二〇一二年)の詩の仕事は、これから改めて読み直される必要がある。作者が誰であれ、詩について、時代と連動する要素が顕著である場合、時の経過にともなって作品に付着していた時代の空気が剝がれ落ち、それとともに読まれなくなる、ということはある。しかし、実際に手に取って読んでみれば、隔たりと見えたものは思い込みに過ぎないと受け取り直せる場合も確かにあって、吉本隆明の詩、とくに最初の二冊の詩集はそれにあたると思う。『固有時との対話』(私家版、一九五二年)、『転位のための十篇』(私家版、一九五三年)だ。

一九七四年生まれの私にとって、吉本の最初の詩集が出された一九五〇年代という時代については、資料や記録を通して、またそのころを生きた人たちの言葉を通して想像するしかない。革命による社会の変革が願われたり、信じられたりした五〇年代、六〇年代の社会を、どのような空気が取り巻いていたか、いま思い描くことは簡単ではない。五〇年代後半には、吉本の詩は安保闘争の激化とともに学生や労働者などに広く読まれ、海賊版まで出る状態だったという。現在では考えられないが、詩人による詩の言葉が、革命を目指した直接的な行動に影響を与え、また共鳴していた。先に述べたように、時代とのこうした密接な関係は、吉本の詩を一見、過去のものと錯覚させる要因になっているのではないかと考えられる。しかし、繰り返しになるが、吉本の詩には、いま読んでも胸に響く作品、これからも読みたい作品が確かにあると思う。そんな詩の数々と出会うことができる場になれば、という考えから、この岩波文庫の収録作品を選んだ。

まず、この文庫の構成について簡潔に記しておこう。

『固有時との対話』と『転位のための十篇』は全篇を収録した。続いて、初期詩篇から選んだ作品を並べた。『定本詩集』とは、『吉本隆明全著作集1　定本詩集』(勁草書房、一九六八年)を指す。五部から成るが、そのうちの第Ⅱ部は『固有時との対話』、第Ⅲ部は『転位のための十篇』なので、この文庫では、これら二冊は冒頭に配したため、残りの第Ⅰ部、第Ⅳ部、第Ⅴ部から選んだ詩を別に扱って収録した。なお、『定本詩集』より前に、『吉本隆明詩集』(今日の詩人双書3、書肆ユリイカ、一九五八年)とそれが絶版となったために著者自身の校訂によって復刻された『吉本隆明詩集』(思潮社、一九六三年)があることに触れておきたい。『定本詩集』は、これらを原型として、さらに増補するかたちで編まれている。

『新詩集』とは、『吉本隆明新詩集』(試行叢刊第七巻、試行出版部、一九七五年)を指す。その第一版、第二版から選んだ詩を『新詩集』の作品として入れた。さらに、『新詩集』以後の詩から選択して収録し、世間に発表された詩としては最後の二篇として知られる「十七歳」(『ヤングサンデー』第四巻第一六号、一九九〇年八月二四日、小学館)と「わたしの本はすぐに終る」(『新潮』一九九三年三月号)も収めた。

また、一九八〇年代の二冊の詩集、すなわち『記号の森の伝説歌』(角川書店、一九八六年)と『言葉からの触手』(河出書房新社、一九八九年)から抜粋し、最後に、詩に関する評論として「現代詩批評の問題」を収録した。「現代詩批評の問題」の初出は『文学』(第二四巻第一二号、一九五六年一二月、岩波書店)で、特集「批評の基準」の一篇として掲載された。後に『抒情の論理』(未來社、一九五九年)に収録された。なお、「現代詩批評の問題」が発表された一九五六年には、『文学者の戦争責任』(武井昭夫との共著、淡路書房)が刊行されている。

さて、『固有時との対話』は、どのような詩集か。

一九五二年八月、作者が二十七歳のときに刊行されたこの第一詩集は、散文詩的な文体による長篇詩「固有時との対話」と、あとがきに相当する「少数の読者のための註」から成る。戦後七年の段階だが、執筆の時期は、題詞や「少数の読者のための註」によれば五〇年ごろと考えられる。大学を出て工場に勤め、転職先の工場で労働組合を作って組合運動に携わったことから解雇され、特別研究生として再び大学に戻っていた時期にあたる。「固有時」は物理の概念で、観測者の位置、座標系と関係なく捉えられる時間だ。また、この詩集には「恒数」や「測度」といった科学に関する用語も使われ、普遍的な定数や尺度への意識が見られる。「わたしの生存への最小与件」と「宿命」を「欠如」の認識のもとに捉えて「覚醒」へと繋ぐ「固有」の時間は、いかにして可能となるのか。精神の「建築」に視線を注ぐこの内省的な詩集では終始、自己との対話が展開されている。

忘却といふものをみんなが過去の方向に考へてゐるやうにわたしはそれを未来のほ
うへ考へてゐた　だから未来はすべて空洞のなかに入りこむやうに感じられた
わたしは限界を超えて感ずるだらう　視えない不幸を視るだらう　けれどわたしは
知らない　わたしはやがてどのやうな形態を自らの感じたものに与へうるか　あの

太古の石切り工たちが繰返した手つきで　わたしは限りなく働くだらう

とつぜんあらゆるものは意味をやめる　あらゆるものは病んだ空の赤い雲のやうに
あきらかに自らを耻しめて浮動する　わたしはこれを寂寥と名づけて生存の断層の
ごとく思つてきた　わたしが時間の意味を知りはじめてから幾年になるか　わたし
のなかに　とつぜん停止するものがある

わたしは知つてゐる　何ごとかわたしの卑しんできたことを時はひとびとの手をか
りて致さうとしてゐる　もつとも陥落に充ちた路を骸骨のやうに痩せた流人に歩行
させ　自らはあざ嗤はうとしてゐる時間よ　わたしは明らかにおまへの企みに遠ざ
かり　ひとりして寂寥の場処を占める　わたしの夕べには依然として病んだ空の赤
い雲がある　わたしは知つてゐる　わたしのうちに不安が不幸の形態として存在し
てゐることを

目にとまる箇所は無論、これらだけではない。自らの内面を掘り下げ、着実に刻むよう
に記された『固有時との対話』は、いま読んでも清新な響きを聴かせる。巻末に付され

た「少数の読者のための註」を見ると、読者に対して、作者がどんなことを望んだのかわかる。よく知られた言葉でもあるが、次のように書かれているのだ。「この無償のモノローグめいた時間との対話のなかにあるたったひとつの客観的な意味——つまり詩のなかに導入された批評または批評のなかに導入された詩——を感知してくれるならば、ぼくは小さな光栄をこの作品に賦与し得たことになるだらう」。

詩と批評を重ねるこの視点には、吉本の姿勢が明確に現れているだろう。詩人と思想家との結節点に、吉本の存在は像を結ぶ。さらに、「〈固有時との対話〉が如何にして〈歴史的現実との対話〉のほうへ移行したかは、この作品につづく〈転位〉によつて明らかにされなければならない」とあって、第二詩集『転位のための十篇』へいざなう構図も明瞭に示されている。

「モノローグめいた時間との対話」が届ける寂寥や孤独感には、現時点で見れば、時代的背景に関する知識や情報がなくても読むことのできる普遍性がある。つまり、著者がどんな人かを知らずに、ただこの詩だけを読んだとしても、そこには、やり場のない寂寥や、埋めがたい孤独感が浮かび上がるに違いない。吉本が独特の概念を託して使用した言葉でいえば、「自立」である。時代性を振り落として、詩が自立していく。その過程と眺望を、『固有時との対話』は見せている。それはいまも進行中の出来事であり、もし、吉本の詩集を読もうとするならば、読者は詩の自立に参加していくことになるのだ。

さて、第二詩集『転位のための十篇』は、どんな詩集か。

一九五三年に私家版で出されたこの詩集の多くの部分は、特別研究生として大学で過ごした後、化学工場に再び就職し、労働組合で活動していた時期、五二年に書かれたと考えられている。詩の背景には、五〇年に勃発した朝鮮戦争や、五二年五月一日に皇居外苑で起きたデモ隊と警察部隊との衝突、いわゆる「血のメーデー」事件などが横たわっている。「〈歴史的現実との対話〉」を遂行するべく綴られたそれらの詩には「モノローグめいた時間との対話」からの脱却が見られる。吉本の詩は内閉的な段階から歩み出し、外部を持とうとしていた。それと連動して、直接的な表現や強い調子による断言が増加した。

広く知られた詩句として、たとえば「きみの喪失の感覚は／全世界的なものだ」(「分裂病者」)、「きみの落下ときみの内閉とは全世界的なものだ」(同)、「ぼくが真実を口にすると　ほとんど全世界を凍らせるだらうといふ妄想によつて　ぼくは廃人であるさうだ」(「廃人の歌」)といった箇所を挙げることができる。また、たとえば「ぼくの孤独はほとんど極限《リミット》に耐えられる／ぼくの肉体はほとんど苛酷に耐えられる／ぼくがたふれたらひとつの直接性がたふれる／もたれあふことをきらつた反抗がたふれる」(「ちひさな群への挨拶」)なども、その時代に浸透した詩句として振り返ることができる。鮎川信夫は、『吉本隆明詩集』(書肆ユリイカ、一九五八年)に寄せた解説において「戦後詩人の反逆的モラルを宣言したものとして、これ以上の直接的表現を用いた詩句はない」と評した。

「モノローグめいた時間との対話」「固有時との対話」が、やがて対峙するべき「歴史的現実」を把捉し、より直接的な表現へと向かったとき、詩に何が起こっただろうか。北川透は、『転位のための十篇』について、『固有時との対話』にあった「詩の言語の多義的なふくらみ、建築のような構造性への可能性が、断念された代償として現れたものであるとしたら」と仮定と推測をまじえて論じ、戦後現代詩の「方法的不幸の象徴としても読めるのではないか」(『北川透現代詩論集成5』思潮社、二〇二二年)としている。

確かに、いま読んでも『転位のための十篇』は、強い調子に弾き返されるところがあって、それが現実と対峙する意識に由来することが伝わる。しかし、そこから教えられることもまた少なくない。たとえば、次のような詩句を取り出してみると、社会の現在にも通じる視線と出会うことを避けられない。「破局のまへの苦しさがどんなにぼくたちを結びつけたとしても／ぼくたちの離散はおほく利害に依存してゐる／不安な秋のすきま風がぼくのこころをとほりぬける／ぼくは腕と足とをうごかして糧をかせぐ／ぼくのこころと肉体の消耗所は／とりもなほさず秩序の生産工場だ／この仕事場からみえるあらゆる風と炭煙のゆくへは／ほとんどぼくを不可解な不安のはうへつれてゆく」(「その秋のために」)。現実と釣り合うほどの強度を求めて、詩の言葉はせり出していったのだ。作者による単なる選択の結果というより、詩の言葉をどこに置くかという模索の切実さを通して導き出された場が、直接的な表現と断言的な口調が合わさった場だったと考えられるだろう。

なお、『固有時との対話』『転位のための十篇』の背後には「日時計篇」が存在する。一九五〇年夏ごろから一年半ほどの間、吉本はほとんど毎日、詩を書いた。「日時計篇」と呼ばれるそれらの詩群の一部を原型として、最初の二冊の詩集は成立した。今回、「日時計篇」も通読し、その成り立ちと性格に照らして考えた結果、この文庫にはそこからは収録しないことにした。

「日時計篇」が初めて本に収められ、世に知られることとなったのは、『吉本隆明全著作集2　初期詩篇1』(勁草書房、一九六八年)、『吉本隆明全著作集3　初期詩篇2』(同、六九年)においてだった。その出現は当時、それ以前からの吉本の読者にとっては、相当な驚きをもって受け止められたようだ。すでに出版され、知られていた詩よりも、はるかに多くの詩が書かれていたと判明したからだった。「日時計篇」と当時の驚きは、切り離しがたいものとして後続の世代の読者に受け渡されている。「日時計篇」は、『固有時との対話』『転位のための十篇』がにわかに出来上がったものではなく、段階的にかたちを成していったという事実を告げる詩群として存在している。

ここで、この文庫の構成に沿うかたちで、初期詩篇について記そう。

本書では、一九四一年から五〇年にかけて書かれた作品から選び、すでに触れた最初の二冊の詩集以前の軌跡を大まかに辿るものとした。冒頭の「「哲」の歌」は、東京府立化学工業高校のクラス雑誌「和楽路《わらじ》」に掲載された詩だ。当時、筆名として「哲」を使い、友人から「哲ちゃん」と呼ばれてもいたようだ。一九二四年に東京市京橋区月島に生まれ、佃島小学校に通った吉本は、今氏乙治が開いていた塾でも学んでいた。今氏塾で過ごした時間と経験は、吉本に全人的な影響を与えたといわれる。この教師から示された詩の全集などを通して、高村光太郎、宮沢賢治などを知る。今氏塾は、通常の学習だけではなく文学や哲学などにも広く触れる場となり、読むこと、書くこと、考えることの基礎が養われた。少年の感傷を滲ませた詩ではあるが、「「哲」の歌」は吉本の原点の一つと呼んでよい作品だ。その後、四二年の春、山形県の米沢高等工業学校に入学する。四か月ほど前の四一年一二月八日に「大東亜戦争」が勃発している。

戦争が激化する中、米沢での三年間は、とくに宮沢賢治を読み、東北の自然に触れた時期でもあった。「朝貌」は一九四三年、米沢高等工業学校同期回覧誌「からす」に掲載された作品だ。また、このころに書かれた詩篇に「呼子と北風」と呼ばれる詩群がある。その中から、この文庫には「旅」「詩」を収録した。「呼子と北風」の中には四三年五月の「アッツ島玉砕」をめぐって書かれた「アッツ島に散つた人達に」という詩も見られる。四四年五月、米沢での学生時代の最後にまとめられた『草莽《そうもう》』は、ガリ版刷りで二十部ほど制作され、動員先へ赴く友人などに配付された。そこには戦死した次兄を悼む詩や親鸞の和讃の形式を模した「親鸞和讃」などが収められている。『草莽』からは、この文庫には「機械」を収録した。

一九四四年九月、米沢高等工業学校を繰り上げ卒業して東京へ戻り、翌月、東京工業大学に入学する。翌年四五年、富山県魚津市の工場へ徴用動員され、八月一五日、そこで敗戦を迎える。四五年に草稿詩篇がないのは、「宮沢賢治論」の執筆があったからではないかとも考えられている。敗戦から二年ほどの間に書かれた詩の草稿については、この文庫には「「時禱」詩篇」からは「習作五(風笛)」を、「詩稿Ⅳ」からは「老工夫」を収録した。四八年に書かれた「詩稿X」には、姉への追悼詩なども含まれるが、「古式の恋慕」「林間の春」「峠」「遅雪」「魚紋」「(とほい昔のひとが住んでゐる)」を選んで収めた。四九年から翌年にかけて書かれた「残照篇」は、吉本の詩の変化を示す詩群だ。それらは戦後の社会をめぐる認識やそこに根ざす情感をいっそう映し出している。「残照篇」という名称は、研究者の川上春雄によって、詩群の一篇から取るかたちでつけられたものだが、この文庫でも便宜上そのままとしている。「残照篇」からは「善」「堀割」「凱歌」「地の果て」「忍辱」を収録した。吉本は、敗戦から五〇年ごろまでの時期、マルクス、小林秀雄、ランボーやマラルメなどに触れ、聖書や仏典、日本古典などを読む日々を送った。

さて、『定本詩集』について述べたい。

先述したように、『吉本隆明全著作集1　定本詩集』(勁草書房、一九六八年)すなわち『定本詩集』は五部構成で、第Ⅱ部は『固有時との対話』、第Ⅲ部は『転位のための十篇』となっている。繰り返しになるが、これらの二冊の詩集を、この文庫では冒頭に置き、残りの第Ⅰ部、第Ⅳ部、第Ⅴ部は別に扱っている。これは『吉本隆明詩全集5』(思潮社、二〇〇六年)を踏襲するかたちでもある。第Ⅴ部の特徴は、評論集に分散して収録されていた詩が集められた点にある。たとえば「死の国の世代へ」は『異端と正系』(現代思潮社、一九六〇年)に、「佃渡しで」「〈沈黙のための言葉〉」は未発表のまま『模写と鏡』(春秋社、一九六四年)に、「この執着はなぜ」「告知する歌」は『自立の思想的拠点』(徳間書店、一九六六年)に、それぞれ収められた詩だった。六〇年安保闘争において新左翼を支持し、デモの先頭に立ち、警察隊と衝突して逮捕されるに至った吉本の詩と言葉は、その「敗北」と「挫折」を契機として、どのように変わっていっただろうか。プロレタリア文学理論の検討という方法から離れ、「言語」に着目し、自前の理論の構築に向かったその歩みは、評論「言語にとって美とはなにか」へと結実していく。谷川雁、村上一郎とともに、表現の発表媒体やその形態の「自立」を求めて『試行』を創刊したのは一九六一年九月だが、その創刊号から「言語にとって美とはなにか」の連載を開始する。吉本の代表的著作の一つとして知られるこの評論は、四年にわたる連載終了後、六五年に勁草書房から刊行された。さらに、六八年には吉本の著作の中でもとりわけ重視されてきた『共同幻想論』(河出書房新社)が刊行されている。『定本詩集』第V部の詩は、そのような激動の六〇年代に書かれたものだ。

評論集に詩を収めるという著作の在り方は、いまではほとんど考えられない。いま、それが可能な思想家は見当たらず、またそうしたことができる詩人もほとんどいない。なぜだろうか。各分野の制度化、細分化が進み、いわゆる蛸壺状態が目立つ状況は、クロスオーバー、ジャンルの横断が求められる状態でもある。そこでは、かつてのこうした点を改めて振り返る意味も排除される必要はない。本来、一人の人間のなかに、あるいは一つの人生の連続性のなかに、詩と思想、詩人と思想家は共存可能なはずなのだ。

一九四九年の評論「ラムボオ若くはカール・マルクスの方法に就ての諸註」で示された「逆立」という考え方に遡ることもできる。それは、小林秀雄が「様々なる意匠」で述べたような一方がもう一方を放逐する関係ではない。

『吉本隆明新詩集』（試行出版部、一九七五年）からは「〈農夫ミラーが云った〉」「帰ってこない夏」「〈この時代からは〉」「時間の博物館で」「漂う」を選んだ。このうち、後の三篇は第一版にはなく、第二版の段階で増補された作品だ。いずれも七〇年代半ばに書かれた。「太陽と死とは」から「活字都市」までは、七〇年代後半から八〇年代半ばにかけての作品で、それぞれ雑誌に発表された後、『吉本隆明全集撰1　全詩撰』（大和書房、一九八六年）に収録された。いくつもの詩から、今回の文庫のために選んだが、実際には紙幅の関係で入れることができなかった作品も少なくない。これらの作品の後に、すでに述べたように、吉本が発表した最後の詩にあたる二篇、すなわち九〇年代前半に発表された「十七歳」「わたしの本はすぐに終る」を置いた。詩の発表はこれをもって途絶えるので、吉本の詩業の最終段階という意味で注目される二篇だ。

一九六〇年代終わりから八〇年代、変貌する吉本の詩はどのような時代のもとにあったのか。六八年ごろから全国各地で展開された全共闘運動、大学紛争、七〇年安保闘争、ベトナム反戦運動、七〇年に起きた共産主義者同盟赤軍派の日航機よど号ハイジャック事件、三島由紀夫の自決事件、七二年のあさま山荘事件、学生運動の挫折と衰退。状況は刻々と変化し、思想も言葉も変わっていった。北川透は、七〇年代の詩の変化について、戦後詩の主軸となった「荒地」の詩人たちが「平明な詩に傾いていった」ことに言及しながら、次のように述べている。「敗戦後の現代詩を担った詩人たちが、ことばの前線から退きつつ、復活してきた時、自分の目を疑いたくなるほど、平明な詩に変貌していたことをよく覚えている。むろん、それはただ平明というだけではない。詩集の題名からも窺えるが、彼らの詩の言語から、時代に向ける暗い危機の予兆が消えていったのだ。それは一冊の詩集、一篇の詩が、いいか悪いかというレベルの問題ではない。以前にもまして、巧みに書かれ、よく読まれ、愛される詩であっても、その核心から、後の時代の詩の言語に、もはや影響を与えるような解読不能性を、欠いていたのだった。むろん、いつの時代でも繰り返される、世代間の新旧の移動、あるいは交替が起こっただけだとも言えるが、ともあれ、こうした過程を通じて、〈戦後詩〉の終焉が詩人たちにも読者にも実感されていったのだ、と思う」(北川、前掲書)。このような観察と証言からは、詩史の輪郭を知り、考えるための手掛かりが与えられる。読書という意味では、一冊の詩集や一篇の詩を、点として受け取ることも、それはそれでよいのだが、一方で、その一冊や一篇がどんな流れの中に置かれているのかを知ることによって、詩の歩みに関する眺望が得られる。それによって、いっそう深く迫ることが可能となるはずだ。詩と向き合うとき、詩史と従来からの読み方に、判断なしに束縛されるだけでは不足だと思うが、かといって、詩史をまったく無視することにも物足りなさが残る。時代性を脱ぎ捨てて自立していく詩のために、読者には何ができるだろう。

一九八〇年代に刊行された二冊の詩集、『記号の森の伝説歌』(角川書店、一九八六年)と『言葉からの触手』(河出書房新社、一九八九年)については、この文庫では、どのような作品なのかを紹介する程度の抄録とした。『記号の森の伝説歌』は、七五年から八四年にかけて『野性時代』に断続的に連載された詩が再構成されて成立した詩集だ。具体的には「I 舟歌」「II 戯歌」「III 唱歌」「IV 俚歌」「V 叙景歌」「VI 比喩歌」「VII 演歌」という構成で、すべてのタイトルに「歌」という語がつけられている。なお、『野性時代』連載詩は、『記号の森の伝説歌』の原型とはいえ、両者の差異に照らすと別物として扱うことができるが、この文庫では、連載詩から収録することはしなかった。「日時計篇」から収録しないことと同様である。

『野性時代』連載の時期と重なる一九七八年に、詩論「修辞的な現在」で知られる『戦後詩史論』(大和書房)が刊行されている。七〇年代後半から八〇年代に向かう詩の言語を、吉本は「修辞的な現在」と規定した。「戦後詩は現在詩についても詩人についても正統的な関心を惹きつけるところから遠く隔たってしまった。しかも誰からも等しい距離で隔たったといってよい。感性の土壌や思想の独在によって、詩人たちの個性を択りわけるのは無意味になっている。詩人と詩人とを区別する差異は言葉であり、修辞的なこだわりである」という「修辞的な現在」の書き出しは、当時の詩が論じられる際に必ずといってよいほど取り上げられる一節だ。無論、この時期からの詩に限って修辞が集中しているわけではなく、そもそも修辞と切り離せないものとして詩があることはいうまでもない。従って、吉本がここで使った「修辞的」という言葉は、ある意味で誇張的な表現といえる。高度資本主義社会と文化を取り巻く状況の変化をめぐる観察と考察、そこから来る実感が、吉本にこの言葉の使用を許したと考えられる。

時代の変容とともに、しだいにサブカルチャーへの言及も増加する。『マス・イメージ論』(福武書店、一九八四年)では、「現在」という「巨きな作者」によって生み出される現代の文化について、文学、音楽、マンガなどさまざまな分野にわたって論じられている。そこから、ファッション論、都市論なども含めて展開される『ハイ・イメージ論』(福武書店、1は一九八九年、2は九〇年、3は九四年)へと繋がっていく。『言葉からの触手』は、こうした時期と重なる一九八五年から八九年にかけて、『文藝』に連載された作品から成る。あとがきには「この断片集は、言ってみれば生命が現在と出あう境界の周辺をめぐって分析をすすめている」とあり、思考の跡を記した言語の断片とその集積に、「生命」と「現在」との遭遇という視点が与えられている。散文体で書かれているが、詩のかたちに対する疑いを含めたところに成り立つ『言葉からの触手』は、おそらく詩への通路であり、いくつもの方法を通り抜けた先に出現した一冊と考えられる。八〇年代という時代において、詩と非詩との間を考えることに詩がある、という地点を映し出しているだろう。

大まかに述べると、吉本隆明の詩について、私は一九七〇年代から八〇年代の詩を面白いと思っている。これまで、五〇年代、六〇年代から吉本を読んでいた読者からは、そうした後の時代の吉本の詩にはあまり興味を持てないという意見を聞くことがたびたびあった。つまり『定本詩集』だけあればよく、それこそが吉本の詩である、というような意見だ。ところが、歴史に刻まれる安保闘争も大学紛争もリアルタイムでは知らない七〇年代生まれの私には、その時期以後の詩の言葉がつまらないということはなく、当然のこととして、それらも含めて吉本の詩の総体として受け取っている。

たとえば、「ちいさな天敵にかこまれて／いちばんいま関心をもっている事柄は／ときかれてちいさな虫たちがこたえた／心を動かさないで時間の闇に収縮してゆくように／鳴くことだ」(「抽象的な街で」)という詩句や、「魚につめこまれた宿題／鱗をくぐってつぎつぎ解答された／奇怪な水の予習／最終の頁からはじまって／園児の手にかかった短い手帳　或る日」（「魚の木」）という詩句や、「いちまいの光の画布になって／どうしても厚さを作れない日／活字は劫初の映像のなかで／明るい廃園を散策している」（「活字のある光景」）という詩句など、いまという時代に繋がる鮮度を保っているように感じられる。

初期の詩から歩き出した吉本隆明の詩の言語は、激動の時代を潜り、日本社会の変容とともに切り替えられていった。さまざまな試みに満ちているその詩は、この先も新しい読者と出会う経験を重ねていくはずだ。生誕百年という節目の年に、詩のこれまでとこれからを思い描きながら、この『吉本隆明詩集』を編んで、考えた。詩の言葉はいつも立ち上がろうとしている。読まれ、受け取られる瞬間に、詩は新しく生まれ直すことができるのだ。

二〇二四年四月

吉本隆明略年譜

一九二四(大正一三)**年**
11月25日　東京市京橋区月島(現・中央区月島)にて、吉本順太郎、エミ夫妻の間に六人兄弟の三男として生まれる。この年の春に、一家は熊本県天草から東京に移住してきた。

一九二八(昭和三)**年**　4歳
この年までに、吉本家は新佃島に転居。

一九三一(昭和六)**年**　7歳
4月　佃島尋常小学校に入学。

一九三四(昭和九)**年**　10歳
佃島尋常小学校在学中に、深川区門前仲町の今氏乙治《いまうじおつじ》氏の私塾「青空塾」に通い始める。

一九三七(昭和一二)**年**　13歳
4月　東京府立化学工業学校(後の東京都立化学工業高校)応用化学科に入学。

一九四一(昭和一六)**年**　17歳
4月　五年に進級。同期生と校内誌『和楽路《わらじ》』を発行。

一九四二(昭和一七)**年**　18歳

4月　米沢高等工業学校(現・山形大学工学部)応用化学科に入学。

一九四三(昭和一八)**年**　19歳

1月　詩稿集「呼子と北風」。回覧誌『からす』、校友会誌『団誌』に詩を発表。11月　宮沢賢治の生地・岩手県花巻を旅行。

一九四四(昭和一九)**年**　20歳

5月　詩集『草莽』(私家版)を発行。9月　米沢高等工業学校を繰上げ卒業。10月　東京工業大学電気化学科に入学。自ら、勤労奉仕のため、ミヨシ化学興業で働く。山形県西村山郡左沢町(現・大江町)で、徴兵検査を受けて、甲種合格。

一九四五(昭和二〇)**年**　21歳

5月頃　徴用動員によって、富山県魚津市の日本カーバイトの工場に往く。8月　工場で終戦の詔勅を聞く。大学に戻り、遠山啓の講義を聴く。

一九四六(昭和二一)**年**　22歳

11月　詩誌『時禱』を、荒井文雄と二人で発行。12月『大岡山文学』(東京工業大学文芸部の同人誌)復刊第1号に、「異神」「詩三章」を発表。

一九四七(昭和二二)**年**　23歳

5月　太宰治の戯曲「春の枯葉」を演出、学内で上演。三鷹に太宰を訪ねる。7月　同期生と文芸誌『季節』を創刊。　9月　東京工業大学卒業。　いくつかの中小工場で働く。

一九四九(昭和二四)**年**　25歳

3月　東京工業大学の特別研究生となる。二年間の研究生活を送る。

一九五一(昭和二六)**年**　27歳

4月　東洋インキ製造に入社。　葛飾区青戸工場研究室に勤務する。

一九五二(昭和二七)**年**　28歳

8月　詩集『固有時との対話』(私家版)発行。

一九五三(昭和二八)**年**　29歳

4月　東洋インキ労働組合連合会会長、青戸工場労働組合の組合長に選任される。　9月『転位のための十篇』(私家版)発行。　12月　組合役員を辞任。

一九五四(昭和二九)**年**　30歳

1月　組合闘争のため、配転され、東京工業大学出張を命じられる。　2月　詩三篇「審判」「絶望から苛酷へ」「火の秋の物語」が、『荒地詩集１９５４』に掲載、荒地新人賞を受賞。「荒地詩集」に参加。

一九五五(昭和三〇)**年**　31歳

6月　東洋インキを退社。　7月「高村光太郎ノート――戦争期について」(『現代詩』)を発表。　11月「前世代の詩人たち――壺井・岡本の評価について」(『詩学』)を発表。

一九五六（昭和三一）**年**　32歳

8月　長井・江崎特許事務所に就職。　9月『文学者の戦争責任』（武井昭夫との共著、淡路書房）刊行。　11月　黒澤和子と結婚。　12月「現代詩批評の問題」（『文学』）を発表。

一九五七（昭和三二）**年**　33歳

7月『高村光太郎』（飯塚書店）刊行。　12月　長女・多子《さわこ》誕生。

一九五八（昭和三三）**年**　34歳

1月『吉本隆明詩集』（書肆ユリイカ）刊行。『短歌研究』5月号から8月号で、歌人・岡井隆と「定型論争」を行う。

一九五九（昭和三四）**年**　35歳

1月　花田清輝の批判を受け、「花田・吉本論争」となる。　2月『芸術的抵抗と挫折』（未來社）刊行。　6月『抒情の論理』（未來社）刊行。

一九六〇（昭和三五）**年**　36歳

1月　日米安保条約改定阻止闘争となる。　5月『異端と正系』（現代思潮社）刊行。　6月15日　国会構内抗議集会で挨拶。翌日、建造物侵入現行犯で逮捕される。

一九六一（昭和三六）**年**　37歳

9月　雑誌『試行』を、谷川雁、村上一郎と創刊（一九六四年6月11日号から吉本の単独編集）。

一九六二(昭和三七)**年**　38歳

1月 サド裁判の弁護側証人として出廷。6月『擬制の終焉』(現代思潮社)刊行。

一九六三(昭和三八)**年**　39歳

1月『吉本隆明詩集』(思潮社)刊行。3月『丸山真男論』(一橋大学新聞部)刊行。11月父母の郷里、熊本県天草を初めて訪ねる。

一九六四(昭和三九)**年**　40歳

6月『初期ノート』(試行出版部)刊行。7月 次女・真秀子《まほこ》誕生。12月『模写と鏡』(春秋社)刊行。

一九六五(昭和四〇)**年**　41歳

5月『言語にとって美とはなにか I』(勁草書房)刊行(IIは10月刊)。

一九六六(昭和四一)**年**　42歳

10月『自立の思想的拠点』(徳間書店)刊行。

一九六七(昭和四二)**年**　43歳

7月 文京区千駄木に転居。

一九六八(昭和四三)**年**　44歳

4月『吉本隆明詩集』(現代詩文庫、思潮社)刊行。10月『吉本隆明全著作集』(勁草書房、全15巻)刊行開始(一九七五年12月完結)。12月『吉本隆明全著作集1 定本詩集』(勁草書房)、『共同幻想論』(河出書房新社)刊行。

一九六九(昭和四四)**年** 45歳

10月 長井・江崎特許事務所を退職。

一九七一(昭和四六)**年** 47歳

8月『源実朝』(筑摩書房)刊行。 9月『心的現象論序説』(北洋社)刊行。

一九七四(昭和四九)**年** 50歳

9月『詩的乾坤』(国文社)刊行。

一九七五(昭和五〇)**年** 51歳

11月『吉本隆明新詩集』(試行出版部)刊行。

一九七六(昭和五一)**年** 52歳

10月『最後の親鸞』(春秋社)刊行。

一九七七(昭和五二)**年** 53歳

6月『初期歌謡論』(河出書房新社)刊行。

一九七八(昭和五三)**年** 54歳

9月『論註と喩』(言叢社)、『戦後詩史論』(大和書房)刊行。

一九七九(昭和五四)**年** 55歳

12月『悲劇の解読』(筑摩書房)、『初源への言葉』(青土社)刊行。

一九八〇（昭和五五）**年**　56歳

6月　佐賀市での講演後、天草を再び訪ねる。

一九八一（昭和五六）**年**　57歳

11月『吉本隆明新詩集』第二版（試行出版部）刊行。

一九八二（昭和五七）**年**　58歳

12月『「反核」異論』（深夜叢書社）刊行。

一九八三（昭和五八）**年**　59歳

10月『増補 戦後詩史論』（大和書房）刊行。

一九八四（昭和五九）**年**　60歳

7月『マス・イメージ論』（福武書店）刊行。

一九八五（昭和六〇）**年**　61歳

3月「政治なんてものはない――埴谷雄高への返信」（『海燕』）発表。「埴谷・吉本論争」となる。　9月『重層的な非決定へ』（大和書房）刊行。

一九八六（昭和六一）**年**　62歳

9月『吉本隆明全集撰』（大和書房、全七巻・別巻一、二巻・別巻は未刊）刊行開始。　12月『記号の森の伝説歌』（角川書店）刊行。

一九八九(昭和六四・平成元)**年**　65歳

6月『言葉からの触手』(河出書房新社)刊行。7月『宮沢賢治』(筑摩書房)刊行。

一九九二(平成四)**年**　68歳

2月『良寛』(春秋社)刊行。10月『吉本隆明初期詩集』(講談社文芸文庫)刊行。

一九九六(平成八)**年**　72歳

8月 伊豆半島の土肥海岸で水難事故。

一九九七(平成九)**年**　73歳

12月『試行』七四号(終刊号)発行。

二〇〇三(平成一五)**年**　79歳

7月『吉本隆明全詩集』(思潮社)刊行。

二〇〇四(平成一六)**年**　80歳

4月『吉本隆明代表詩選』(思潮社)刊行。

二〇〇六(平成一八)**年**　82歳

11月『吉本隆明詩全集』(全七巻、思潮社、二〇〇八年6月完結)刊行開始。

二〇一二(平成二四)**年**

3月16日 死去(享年87)。

二〇一四(平成二六)**年**

3月　『吉本隆明全集』(晶文社、全三八巻・別巻一)刊行開始。

二〇二二(令和四)年

10月　北海道立文学館で「没後10年　吉本隆明——廃墟からの出立」特別展開催。

＊「年譜」(高橋忠義編、『吉本隆明全詩集』、思潮社、二〇〇三年)、「吉本隆明著書年表」(宿沢あぐり、『現代思想　総特集　吉本隆明　肯定の思想』、青土社、二〇〇八年八月)、「吉本隆明略年譜」(『吉本隆明　没後10年、激動の時代に思考し続けるために』、河出書房新社、二〇二二年四月)、「吉本隆明略年譜」(石関善治郎作成、晶文社ホームページ)などを参照して作成した。

(岩波文庫編集部)

〔編集附記〕

一　本書は、『吉本隆明全集』1、2、4、5、7、9、12、13、15、16、17、18、20、21、22、25、27巻(晶文社、全三十八巻・別巻一、二〇一四年三月刊行開始)を底本とした。

一　漢字は、原則として新字体とした。仮名づかいは底本通りとした。

一　「詩篇」では、底本に付された振り仮名を残した。新たに振り仮名を付すことはしなかった。

一　「評論」で、明らかな誤記は訂正した。

一　本文中に、今日からすると不適切な表現があるが、原文の歴史性を考慮してそのままとした。

(岩波文庫編集部)

吉本隆明詩集《よしもとたかあきししゅう》

2024年7月12日　第1刷発行

編　者　蜂《はち》飼《かい》　耳《みみ》

発行者　坂本政謙

発行所　株式会社 岩波書店
〒101-8002 東京都千代田区一ツ橋2-5-5
案内 03-5210-4000　営業部 03-5210-4111
文庫編集部 03-5210-4051
https://www.iwanami.co.jp/

印刷 製本・法令印刷　カバー・精興社

ISBN 978-4-00-312331-7　　Printed in Japan

読書子に寄す

——岩波文庫発刊に際して——

岩波茂雄

真理は万人によって求められることを自ら欲し、芸術は万人によって愛されることを自ら望む。かつては民を愚昧ならしめるために学芸が最も狭き堂宇に閉鎖されたことがあった。今や知識と美とを特権階級の独占より奪い返すことはつねに進取的なる民衆の切実なる要求である。岩波文庫はこの要求に応じそれに励まされて生まれた。それは生命ある不朽の書を少数者の書斎と研究室とより解放して街頭にくまなく立たしめ民衆に伍せしめるであろう。近時大量生産予約出版の流行を見る。その広告宣伝の狂態はしばらくおくも、後代にのこすと誇称する全集がその編集に万全の用意をなしたるか。千古の典籍の翻訳企図に敬虔の態度を欠かざりしか。さらに分売を許さず読者を繫縛して数十冊を強うるがごとき、はたしてその揚言する学芸解放のゆえんなりや。吾人は天下の名士の声に和してこれを推挙するに躊躇するものである。このときにあたって、岩波書店は自己の責務のいよいよ重大なるを思い、従来の方針の徹底を期するため、すでに十数年以前より志して来た計画を慎重審議この際断然実行することにした。吾人は範をかのレクラム文庫にとり、古今東西にわたって文芸・哲学・社会科学・自然科学等種類のいかんを問わず、いやしくも万人の必読すべき真に古典的価値ある書をきわめて簡易なる形式において逐次刊行し、あらゆる人間に須要なる生活向上の資料、生活批判の原理を提供せんと欲する。この文庫は予約出版の方法を排したるがゆえに、読者は自己の欲する時に自己の欲する書物を各個に自由に選択することができる。携帯に便にして価格の低きを最主とするがゆえに、外観を顧みざるも内容に至っては厳選最も力を尽くし、従来の岩波出版物の特色をますます発揮せしめようとする。この計画たるや世間の一時の投機的なるものと異なり、永遠の事業として吾人は微力を傾倒し、あらゆる犠牲を忍んで今後永久に継続発展せしめ、もって文庫の使命を遺憾なく果たさしめることを期する。芸術を愛し知識を求むる士の自ら進んでこの挙に参加し、希望と忠言とを寄せられることは吾人の熱望するところである。その性質上経済的には最も困難多きこの事業にあえて当たらんとする吾人の志を諒として、その達成のため世の読書子とのうるわしき共同を期待する。

昭和二年七月